實用英文短語成語
KEY PHRASES & IDIOMS 678

目錄

序言

　　在學習英語的過程中，似乎人人有心把短語成語學好。但卻非易事。編者時時苦思一定有方法可幫助千千萬萬的莘莘學子，在學習中可不繞路，心血不白費，又可收事半功倍之效。故決定出版一本內容、深度及特色兼具的英語短語成語書。學習短語成語時，要設定明確目標，建議讀者或可以 678 個訂爲個人學習之初期目標（本書實際收錄量計 850 個）。由於本書適用對象是理解力甚強的高中及大學程度讀者，故本書採深淺混編之特殊方式編排。在研讀初期或有難度，不過堅持半年以上，當有驚人效果顯現。

學好短語成語的方法：

方法一：不可死背
　　短語成語的學習有別於單字學習。它必須配合句子，充分瞭解其在句中意思後，才去背它。

方法二：正確發音
　　在句中之短語成語發音不可任意停頓，並且盡可能用較快語速一口氣以連音方式讀它。

方法三：多加思考
　　在閱讀時，主動找出短語或成語。遇有不懂之處，不妨再讀讀上下文，並試著推敲其中含意。

方法四：勤查字典
　　由於在不同版本之辭典中（如：Oxford, Cambridge, Collins, Longman 或其他較佳之英漢辭典），均有例句及深淺不一解說。故平日養成查閱兩本以上辭典習慣，是避免日後錯用之不二法門。

方法五：學習翻譯

此處「翻譯」，系指短語或成語英翻英之翻譯（如：second to none = the best）。若採漸進法，以英翻英方式學習，會有意想不到的收穫。

方法六：精研差異

由於每一種語言在語法（grammar）及慣用法（usage）上，均有其獨特性，英語當然也不例外，像英語冠詞 the 及介詞等就是一個明顯例子。由於漢語和英語在此方面差異極大，這也就是為什麼讀者在看似容易的冠詞、介詞學習中，卻仍頻頻出錯原因所在。總之，欲使英語學習更加精進，精研自己母語和英語間之差異，並對極易被疏忽的冠詞、介詞方面之潛心學習，實有其必要。

顯而易見的，能否將短語成語學好與日後運用英語是否可達得心應手之地步，有極為密切之關係。在此衷心祝福每一位有毅力的讀者，都能如願，盡早將英語學好。本書雖經修訂，並推出新版，不過仍有諸多疏漏及錯誤，祈盼各方專家先進賜教指正。

習懷德

2012 年春
於珠海海怡灣畔

本書使用說明

一、適用對象：高中（含）以上程度讀者。

二、本書內容豐富有如一本辭典，讀者可按照自己實際程度跳讀。

三、如何學習短語成語及增強字彙實力的祕訣，分別在本書序言及後記中有所提及，切勿忽略。

四、讀者要特別留意書中「*注意」及「**參考」。「**參考」後面的數字，係指短語或成語之編號。

五、本書中有大量的「比較」句子。研讀時，請悉心加以比較，會有意想不到的收穫。

六、第 200 頁難字表計收錄 440 個重要單字，讀者在研讀本書前，可先自我測試一番（每題 0.25 分，滿分 110 分）。待六個月後，不妨再作測試。屆時，即可約略估出讀者個人的字彙實力究竟提昇多少。

實用英文短語成語
KEY PHRASES & IDIOMS 678

1   **by way of**（via；by going through）
      經由……

> 1   He went to Japan **by way of** Hong Kong from Australia.
>   他從澳大利亞出發經由香港到日本去。
>
> 2   The news program came to us **via** satellite.
>   新聞節目是通過衛星傳送到我們這裡來的。
>
> 比較 He went straight to Japan without stopping anywhere.
>   他直接前往日本，未在任何地方停留。

2   **side by side**（close together）
      並肩地

> They walked **side by side**.
> 他們並肩而行。

on all sides（in every direction；from all sides）
從四面八方；從各方面

> I'm learning a lot **on all sides**.
> 我從各方面學到好多東西。
>
> 比較 1 He was lying on his side.
>   他側臥著。
>
> 2   When the children quarrel, the sisters always side with each other.
>   當小孩子們爭吵時，姐妹們總是互相袒護。
>
> 3   He told a lie to shield his brother.
>   他說了一個謊以庇護他的兄弟。

Pride ends in humiliation, while humility brings honor.
人的高傲，必使他卑下，心裡謙遜的，必得尊榮。

3   instead of（in place of）
代替

> **1   Instead of** wasting time, she employed herself in reading.
> 她不浪費光陰，勤於閱讀。

> **2   We use chopsticks in place of** knives and forks.
> 我們用筷子代替刀叉。
> **參考 476

比較 **1   When the electric lights went out, we used candles as a makeshift.
> 電燈熄滅時，我們用蠟燭代替電燈。

> **2   They used an empty box as a makeshift for a table.
> 他們用一個空箱子作為一張桌子的代替物（以箱代桌）。

4   anything but（definitely not）
決不；根本不

> **1   The pen was anything but** cheap.
> 這筆根本不便宜。

> **2   He can give you anything but** this antique.
> 除這古董外，他什麼都可以給你。

比較 **1   He is looking for something for nothing.
> 他想不勞而獲。

> **2   The medical researcher has something to say and says it well.
> 這醫學研究員言之有物且言之有理。

A friend is always loyal, and a brother is born to help in time of need.
朋友總是以誠相待，弟兄為患難而生。

5   **because of**（due to；owing to）
由於……；起因於

    1 He is absent **because of** illness.
       他因病缺席。

    2 Her success was largely **due to** hard work.
       她的成功主要是由於努力工作。

    3 **Owing to** careless driving, he had an accident.
       由於駕駛疏忽，他出了事。
       **參考 178；217

比較 **1** Good deeds deserve due reward; bad deeds deserve due punishment.
       善有善報；惡有惡報。

    2 Your report is due tomorrow.
       你的報告應於明天交。

    3 Respect is due to older people.
       年長者應受尊敬。

    4 Courtesy is his due while he is your guest.
       他是你的座上賓，該受到禮貌款待。

    5 The accident was the result of a moment's inattention.
       這次事故是一時不小心造成的。

    6 Accidents arise from carelessness.
       意外起源於疏忽。

    7 He's had two accidents in the past fortnight.
       在過去兩周他出了兩次事故。

    8 The tragedy was wholly avoidable.
       那場悲劇是可以完全避免的。

    9 Many accidents are caused by drivers who are under the weather.
       很多車禍都是因駕駛人醉酒而引起的。

6 **break loose**
逃出獸籠；掙脫韁繩

One of the tigers in the zoo has **broken loose**.
動物園中的一隻老虎逃出籠了。

比較 1 Who's let the dog loose?
誰把狗放出來了？

2 His death is a great loss to the country.
他的死是國家的一大損失。

3 I don't care whether I gain or lose.
我絕不會患得患失。

4 He is lost to pity.
他沒有同情心。

*注意 loose；loss；lose 三字發音不同
**參考 531

7 **above all**（most important of all）
最重要的是；尤其是

1 **Above all**, keep in touch.
最要緊的是保持聯繫。

2 She does well in all her subjects, **above all** in mathematics.
她每一學科都念得很好，尤其是數學。

比較 1 The water came above our knees.
水淹過了我們的膝蓋。

2 Temperatures have been above average.
氣溫一直比平均溫度高。

3 He was a respected scholar and above suspicion.
他是位無可置疑受人尊敬的學者。

Hatred stirs up quarrels, but love covers all offenses.
恨能挑啟爭端，愛能遮掩一切過錯。

8 **pick up**
拿起；拾起／搭載／（無人教而）學得

1 He **picked up** the ash tray and put it on the table.
他拿起煙灰缸放在桌上。

2 The train stopped to **pick up** passengers.
火車停車載客。

3 He **picks up** game easily.
他學遊戲很快。

4 He never studied Spanish; what he knows he **picked up** while living in Spain.
他從未正式學過西班牙文，他所會的一些西班牙文是在西班牙的時候零碎學來的。

比較 1 I only have a superficial knowledge of Portuguese.
我對葡萄牙文瞭解不多。

2 Don't pick your nose in public！
不要在眾人面前挖鼻子。

3 The pick was poor this season.
本季收成不佳。

4 See if you can pick her out in this photo.
看你能不能從這張照片認出她來。

Grandchildren are the crowning glory of the aged;
parents are the pride of their children.
子孫為老人的冠冕，父親是兒女的榮耀。

9　**look after**（take care of）
照料

> Will you **look after** my dog, while I'm away?
> 我不在時，你能否幫我照料一下狗？

比較　She keeps my dog when I travel.
　　　我們出門旅行時，她替我照顧狗。

look for（seek）
尋找……

> Are you still **looking for** a job?
> 你還在找工作嗎？

look forward to（wait eagerly for）
期望；盼望

> I **look forward to** receiving your reply as soon as possible.
> 我期望儘早收到你的回信。

look out（watch out）
當心；小心

> **Look out**! There's a car coming.
> 當心！車子來了。

look up（search for；try to find）
查明；查考

1　I **looked up** butterflies under "Insects" in my encyclopedia.
　　我在百科全書的「昆蟲」欄目裡查到蝴蝶（資料）。

2　I **looked** it **up** in the dictionary.
　　我在字典裡查過這個詞。

比較　You should avail yourself of the books in the library.
　　　你應利用圖書館裡的書。

look into（investigate）
調查

> The committee will **look into** the causes of the accident.
> 該委員會將調查那場意外的原因。

比較 1　The thief was committed to prison.
　　　那個小偷被關進監獄。

2　He committed the song to memory.
　　他把那首歌詞背下來。

*注意 committee；commit 發音不同

10　**make believe**（pretend）
假裝

> Sometimes when children play they **make believe** they are grown-ups.
> 孩子們有時在遊戲時裝扮成大人。

11 **on purpose**（deliberately；intentionally）
故意

> She broke the dish **on purpose** just to show her anger.
> 她故意打破那盤子以表示她的憤怒。

比較 1 She is an avid reader of the book.
她是個酷愛讀書的人。

2 She's been deliberately ignoring him all day.
她故意整天都不理他。

for the purpose of（in order to）
為了……目的

> She went to Greece **for the purpose of** studying archaeology.
> 她到希臘去念考古學。

12 **be involved in**
專心於……／牽涉於……

> He **was** deeply **involved in** his work.
> 他很專注於他的工作。

> He **is involved in** the scandal.
> 他牽涉在這樁醜聞之中。

比較 Housekeeping involves cooking, washing dishes, sweeping and cleaning.
家務包括烹飪，洗碟、打掃及洗刷。

13 **take care of**（look after）
照顧；看護

1 He **took care of** the poor for love.
他為貧民義務服務。

2 Machinery deteriorates rapidly if it is not **taken care of**.
機器若不加維護就很快地要變壞。

care of
由……轉交（指信件）

> You can write to Ms. Lee, **care of** Mr. Carter.
> 你可以請 Carter 先生轉交你的信給李小姐。

care for（like）
喜歡

1 Would you **care for** a cup of tea?
你要來杯茶嗎？

2 He didn't much **care for** her friends.
他不太喜歡她的朋友。
*注意 care for 用於否定句或疑問句

14　**in return for**
回報

1　He gave me a pen **in return for** the book I gave him.
為回報我送他書，他送我一支筆。

2　**In return for** your cooperation we will give you a free gift.
為了謝謝你的合作，我們會送你一份免費贈品。

15　**adhere to**（stick firmly；hold firmly）
附著；堅持

1　Small particles **adhere to** the seed.
極小微粒附著在種子上。

2　For ten weeks she **adhered to** a strict no-fat low-salt diet.
十周來她嚴格堅持無脂肪少鹽飲食。

3　He stubbornly **adhered to** his views.
他固執己見。

16　**keep good time**
（鐘、錶）時間走得準確

Although it is a cheap one, this watch **keeps** very **good time**.
雖然這只錶是便宜貨卻走得十分準。

比較 1　My watch loses two minutes a day.
我的錶一天慢兩分鐘。

2　His watch gains fifty seconds every 24 hours.
我的錶每二十四小時快五十秒。

3　The hands of a clock or watch show the time.
鐘或錶之針（指針）指示時間。

17　**in the clouds**
心不在焉；陷入幻想

Pamela has been **in the clouds** ever since Ronald asked her to marry him.
自從 Ronald 向她求婚後，Pamela 便一直是心不在焉的樣子。

比較　His name is under a cloud.
他的名譽蒙羞。

18　**in a nutshell**
簡述之

> Just tell me the story **in a nutshell**.
> 簡單地告訴我那件事。

lie in a nutshell
容易解決

> The whole thing **lay in a nutshell**.
> 事情很容易解決。

比較 **1**　Both of them are nuts about chamber music.
他們兩人都熱愛室內樂。

2　He's as nutty as a fruitcake（completely crazy）.
他瘋狂到了極點。

19　**eager to**（very anxious）
渴望

> We were **eager to** start work as soon as possible.
> 我們都渴望盡快開始工作。

比較　We were anxious to start on a journey.
我們渴望動身旅行。

20　**different from**
與……不同

> Ann is very **different from** her sisters.
> Ann 和她姐姐們大不相同。

比較 **1**　Different things appeal to different people.
仁者樂山，智者樂水。

2　They think differently than we do.
他們的想法跟我們不同。

3　I can't pinpoint the difference.
我無法準確地指出差異。

4　She pinpointed the city on the map.
她在地圖上精確地指出那城市的位置。

21 **all day long**
終日

He has been doing nothing **all day long**.
他終日無所事事。

比較 1 We are longing to see you.
我們渴望著見你。

2 He is long on talk but short on action.
他只說不做。

3 Actions speak louder than words.
行動勝於空談。

4 A stitch in time saves nine.
及時一針勝過將來的九針（及時行事，事半功倍）。

22 **this day week**
下星期的這一天；一星期後

1 They'll be back **this day week**.
他們在一星期後會回來。

2 If today is July 11, **this day week** will be July 18.
假若今天是七月十一號，下星期的這一天將是七月十八號。
*注意月份後數字的發音（是序數而非基數）

23 **bent on**
專注

1 She **bent** her mind **on** her studies.
她專心於研究。

2 He's **bent on** becoming an architect.
他決心做個建築師。

比較 1 He bends a wire into a loop.
他把一鐵線彎成圓環。

2 The road bends sharply here.
這路在此急彎。

3 Science is out of my bent.
科學非我所好。

4 They fool me at the top of my bent.
他們愚弄我到了我忍無可忍的地步。
*注意 bend 及 bent 詞性用法

24 come along
進步／陪伴；伴隨

1 How is your English **coming along**?
你的英文進步得怎樣?

2 **Come along** . We will go together.
來陪伴我。我們一起去。

比較 Your English has improved by leaps and bounds.
你的英文突飛猛進。
**參考 515

25 in favor of（giving support or approval for）
贊成；支持

I am **in favor of** a change.
我贊成改變。

比較 1 Of the speed of the two swimmers, there is a slight favor for the first.
那兩個泳者的速度比起來第一個稍占優勢。

2 A fashion in favor this year may be out of favor next year.
今年受人歡迎的款式明年可能便不受人歡迎了。

26 rich in（abundant）
豐富的；很多的

1 Oranges are **rich in** vitamin C.
柳丁富含維他命 C。

2 The area is **rich in** wildlife.
這個地區的野生動植物很多。

比較 1 Vitamin C can help toward colds off.
維他命 C 有助於預防感冒。

2 Some commodities are scarce in wartime.
有些貨品在打仗時是缺乏的。

3 Eggs are scarce and expensive this month.
這個月蛋缺貨且昂貴。

4 The scarcity of fruit was caused by the drought.
水果的供不應求是由乾旱所致。

27 **by road ...by rail**
由公路（坐汽車）……／由鐵路（坐火車）

Did you come **by road** or **by rail**?
你是坐汽車還是坐火車來的？

28 **use up**（consume completely）
用盡

I have **used up** my coffee.
我的咖啡用光了。

29 **by mistake**（as a result of a mistake）
出於（無意的）錯誤

1 I took your bag instead of mine **by mistake**.
我誤拿了你的提袋。

2 I got on the wrong bus **by mistake**.
我搭錯了巴士。

比較 It's hot today and no mistake!
今天的確很熱啊！

30 **in vain**（without success or effect）
無效的

All my efforts were **in vain**.
我的所有努力（心血）都付諸東流了。

比較 All his efforts ended in failure.
他的全部努力都失敗了。

31 **in the vicinity of**
在……附近

There were a hundred or so hotels **in the vicinity of** the railway station.
在火車站附近有差不多一百家左右的旅店。

Live in harmony with one another. Do not be proud,
but be willing to associate with people of low position.
要彼此和睦。不要傲慢，倒要俯就卑微的人。

32 **stand for**（represent）
代表

What does BBC **stand for**?
BBC 代表什麼？

比較 1 I'll stand you a dinner.
我請你吃晚飯。

2 Can you stand the pain?
你能受得了這痛苦嗎？

3 The score stood 28 to 39 at the half.
比數在上半場結束時為 28 比 39。

4 Tears stood in her eyes.
她眼裡噙著淚水。

5 Truth stands the test of time; lies are soon exposed.
真言永遠堅立；謊言只存片時（很快會露出馬腳）。

33 **in time**（before it is too late）
及時；來得及

1 We scarcely made home **in time**.
我們差點沒能及時回到家。

2 Will you be home **in time** for dinner?
你趕得及回家吃晚飯嗎？

on time（not late）
準時；按時

1 Be **on time**. Don't be late.
要準時。不可遲到。

2 They took pains to be here **on time**.
他們煞費苦心準時到這裡。

3 Whether he will be **on time** is open to debate.
他是否會準時仍有爭議。

Each of you should look not only to your own interests,
but also to the interests of others.
各人不要單顧自己的事，也要顧別人的事。

34 send forth（produce）

長出／發出

1 The trees **send forth** many branches.
樹長出很多樹枝。

2 The trees began to **send forth** its buds.
那棵樹開始萌芽了。

3 The flowers **send forth** fragrance.
花發散出香氣。

比較 1 The scent of the flowers was wafted along by the breeze.
微風傳花香。

2 Delicious smells wafted up from the kitchen.
香噴噴的味道從廚房飄了出來。

3 This oil has a lovely woody fragrance.
這油有種很好的木香味。

4 A shrubby plant with a strong characteristic fragrance.
帶有獨特香味的一種灌木植物。

5 The cherry trees are in full blossom.
櫻桃樹上的花正盛開。

6 The flowers rotted off.
花凋謝了。

7 The flowers were drooping for want of water.
這些花因缺水而枯萎。

There is nothing concealed that will not be disclosed,
or hidden that will not be known.
掩蓋的事，沒有不露出來的。隱藏的事，沒有不被人知道的。

35 **all the time**
始終；一直

> <u>**All the time**</u> I was here.
> 我始終在此。

from time to time（now and then； sometimes）
有時；間或

> I see Vicky at the library <u>**from time to time**</u>.
> 有時我在圖書館見到 Vicky。

time after time（time and again）
一再；屢次

> I've told you <u>**time after time**</u> not to be late.
> 我再三的告訴過你不要遲到。

> 比較 We arrived late and crept into the classroom.
> 我們遲到了，因此悄悄地溜進教室。

36 **on foot**（by walking or running）
步行

> We have missed the bus and we shall have to go home <u>**on foot**</u>.
> 我們沒趕上大巴，必須徒步回家。

> 比較 **1** How vexatious to miss one's bus !
> 趕不上大巴會多麼令人生氣！

> **2** The various items foot up to $50.
> 這些不同的項目加起來總計 50 元。
> *注意 vexatious 發音

37 **as best one can**
盡力

> Do it <u>**as best you can**</u> !
> 你盡力而為吧！

38 **keep an eye on**
注意；留意著

> Please <u>**keep an eye on**</u> my flower in my absence.
> 我不在時請幫忙照看一下我的花。

39 **on**（in）**somebody's behalf = on**（in）**behalf of**
代表某人／為了某人

> **1** Mr. Harrison cannot be here, so his wife will accept the prize <u>**on his behalf**</u>.
> Harrison 先生無法到場，所以他的太太將代表他前來領獎。

> **2** They raised money <u>**in behalf of**</u> the orphans.
> 他們為孤兒募款。

40 **as well as**

和；及／同樣好

1 She wants a pen **as well as** a pencil.
她要一支筆和一支鉛筆。

2 He can speak English **as well as** you do.
他說的英語能和你一樣好。

41 **kick off**（begin）

開始／（足球）開賽

1 The lecturer **kicked off** with a few jokes.
演講者以幾則笑話作為開場白。

2 We **kick off** at 10:00.
我們十點開賽。

比較 **1** He finished his speech amid tremendous applause.
他在雷鳴般的掌聲中結束了演講。

2 In sports, exercise and play are not divorced.
在運動中，練習和比賽是分不開的。

3 Soccer requires brain as well as brawn.
踢足球需要智力及體力。

People with good sense restrain their anger;
they earn esteem by overlooking wrongs.
人有見識就不輕易發怒，寬恕人的過失，便是自己的榮耀。

42   **the moment**（as soon as；the minute）
一……就……

I want to see him **the moment** he arrives.
他一到我就要見他。

比較 1   A busy man will study at odd moments.
忙碌的人抽暇讀書。

2   There is not a moment to be lost.
刻不容緩。

3   Who is going to take the minutes?
誰來做會議記錄？

4   He minutes the proceedings of the meeting.
他做會議記錄。

5   She remembered everything in minute detail.
她記得每一件事的細節。

6   The kitchen on the boat is minute.
小船上的廚房小極了。
*注意 minute 作形容詞用時之發音

43   **live on**
以……爲食／過活

1   He **lives** chiefly **on** fruit.
他主要是以水果爲食。

2   Bats **live on** insects and fruit.
蝙蝠以昆蟲和水果爲食。

3   I don't know what he **lives on**.
我不知道他以何維生。

4   He **lives on** charity.
他靠賙濟爲生。

44 **let up**（cease；diminish）
平息；變小

1 After three days the rain **let up**.
三天後雨變小了。

2 The rain never **let up** all night.
整夜雨未停歇過。

比較 **1** At one o'clock the rain had ceased.
在一點鐘時，雨停了。

2 The world's resources are rapidly diminishing .
世界資源正在迅速減少。

45 **proud of**
引……自豪

Ted is very **proud of** his new car.
Ted 對他的新車洋洋自得。

比較 **1** He praised the virtues of his car.
他稱讚他的車子的優點。

2 She is as proud as a peacock.
她十分驕傲。

3 His conduct in such a difficult situation did him proud.
他在那種困難的情況下的行爲（表現），值得他引以爲榮。

46 **come to grief**
受傷；失敗

1 Several pedestrians **came to grief** on the icy pavement.
好幾個人在結了冰的人行道上摔傷了。

2 Their marriage **came to grief** after only two years.
僅僅兩年時間，他們的婚姻即告生變。

> Whoever sows sparingly will also reap sparingly,
> and whoever sows generously will also reap generously.
> 少種的少收，多種的多收。

47   laugh at (make fun of)
嘲笑

1 Don't **laugh at** her.
不要嘲笑她。

2 It's cruel to **make fun of** people who stammer.
嘲笑説話口吃的人是殘忍的事。

比較 1 Man is the risible animal.
人是能笑的動物。

2 Man alone has the gift of speech.
只有人類才有説話的天賦。

3 Her ideas are often risible.
她的觀念常常是可笑的。

4 She speaks with a stutter.
她説話時會口吃。

5 He lisps.
他發音口齒不清。

48   do away with (abolish; get rid of)
廢除

1 My school has **done away with** uniform.
我的學校廢除了制服。

2 We **get rid of** all the old furniture.
我們扔掉了所有的舊家俱。

3 This tax should be **abolished**.
這項税應廢除停徵。

比較 1 Furniture is dilapidated by use.
傢俱由於使用而毀壞。

2 Police have not ruled out the possibility that the man was murdered.
員警不排除那人遭謀殺的可能。

3 Closing the windows excluded street noises.
關窗使街道上吵鬧的聲音不能進來。

49 **borrow from**
借（入）

> **1** He **borrows** money **from** me frequently.
> 他經常向我借錢。
>
> **2** Many words are **borrowed** into English **from** French.
> 許多英文字是由法文借來的。
>
> 比較 **1** You can borrow the money, with the proviso that you repay me within a month.
> 你可借這筆錢，條件是你要在一個月內還我。
>
> **2** I never lend money.
> 我從不借錢給人。
>
> **3** I lent him the book.
> 我把那本書借給了他。
>
> **4** May I use your phone?
> 我能借用你的電話嗎？
> *注意借用電話、廁所通常用 use

50 **be at fault**
犯錯

> You **were at fault**, so you should apologize.
> 你犯了錯，所以理當道歉。

find fault with（criticize）
挑剔

> You should not **find fault with** her work.
> 你不可挑剔她的工作。

51 **abound in**（have…in large numbers or amounts）
大量存在；盛產

> **1** That river **abounds in** fish.
> 那條河魚產豐盛。
>
> **2** He **abounds in** courage.
> 他勇氣十足。
>
> 比較 **1** The ship abounds with rats.
> 船上有很多老鼠。
>
> **2** He bounds to fame.
> 他一躍成名。
>
> **3** Man's imagination may extend beyond the bounds of space and time.
> 人類的想像力可以超越時空限制。
>
> **4** The country is bounded on three sides by the sea.
> 這個國家三面臨海。
> *注意 abound；bound 二字用法

52　admit to（confess to）
承認

Don't be afraid to **admit to** your mistakes.
別害怕承認錯誤。

比較 1　I must confess to knowing nothing about computers.
我得承認對電腦一竅不通。

2　I confess myself bewildered by their explanation .
我承認他們的解釋使我感到困惑。
*注意 bewilder 的發音

53　set forth
啓程；動身／闡明；陳述

1　Columbus **set forth** with three small ships.
哥倫布率領三艘小船啓程。

2　The mayor **set forth** his views in a television broadcast.
市長在電視講話中闡述了自己的觀點。

54　contrary to
相反

My opinion is **contrary to** yours.
我的意見和你的相左。

by contraries
與願望相反

Dreams often go **by contraries**.
夢常與願望相反。

on the contrary
恰恰相反

A: Are you cold?
你冷嗎？
B: **On the contrary**.
正相反（我覺得熱）。

55　absent from
缺席

She was often **absent from** class.
她經常缺課。

比較　There were 200 people present at the meeting.
有 200 人出席會議。

56   **in case**
　　如果

In case he arrives before I get back, please ask him to wait.
如果他在我回來前先到，請他等等我。

比較 1   He was late this morning as is often the case with him.
他一如往常今早又遲到了。

2   As is often the case with teachers, she's too fond of lecturing.
跟大部分的老師一樣，她太愛說教。

3   She complained of inattention and discourtesy on the part of her students.
她埋怨她的部分學生之粗心和無禮。

4   Her teaching methods are idiosyncratic but successful.
她的教學方法很奇特，但很成功。

5   Good teachers are much to seek.
優良教師極爲缺乏。

6   Many teachers would like to be more adventurous and creative.
許多教師願意更加進取，更富創造性。

7   Being taught by a good teacher is a blessing.
被一位好老師教是一種福氣。

57   **behind the scenes**
　　幕後；暗中

He's an important man behind the scenes.
他是一個幕後的重要人物。

比較   We can't agree on this point but please don't make a scene.
我們在這一點上不能同意，但是請不要吵鬧。

It's dogged that does it.
有恆爲成功之本。

58 regard as
    視為

   I **regard** David **as** my best friend.
   我把 David 視為知已。

比較 1 Some people act, without any regard for what will happen afterwards.
    有些人做事不考慮後果。

   2 A person who reads another's mail has no regard for other people's privacy.
    讀別人信件的人是對他人的隱私不表尊重。

   3 He is regardless of the result.
    他不顧慮到結果（後果）。

   4 The boy's failure was due to continued disregard of his studies.
    這孩子的（功課）不及格乃由於不斷忽視功課之故。

   5 The reckless driver was arrested for his complete disregard of the traffic laws.
    這個魯莽的司機因完全忽視交通規則而被逮捕。

59 no longer（not any more）
    不再

   She **no longer** lives here.
   她已經不住在這裡。

60 no sooner...than
    剛……即

   1 **No sooner** had he arrived **than** he went away again.
    他剛一到便又離開了。

   2 **No sooner** had he rushed into the room **than** the phone stopped ringing.
    他剛衝進房間，電話鈴聲就停了。

61 familiar with（well-acquainted）
    通曉；熟悉

   Are you **familiar with** the computer software they use?
   你熟悉他們用的電腦軟體嗎？

62 **apply for**（make a request）
申請；應徵

She **applied for** a job as a secretary.
她應徵了一份祕書工作。

比較 **1** The more you apply, the quicker you will learn.
你越努力越學得快。

2 This rule can be applied to any case.
這項規則適用於一切情況。

63 **on the other hand**
另一方面

It's cheap, but **on the other hand** the quality is poor.
它不貴，然而另一方面質量欠佳。

64 **apt to**（likely；inclined）
有……傾向／易於

1 Babies are **apt to** put objects into their mouths.
嬰兒愛把東西往嘴裡塞。

2 Iron is **apt to** rust.
鐵易生鏽。

3 Idle children are **apt to** get into mischief.
懶惰的小孩，易於惡作劇。

比較 **1** The boy is bent on mischief.
這小孩只想惡作劇。

2 Children need a lot of care and attention.
孩子們需要很多的關心和照顧。

3 A baby has no knowledge of good and evil.
嬰兒不瞭解善惡。

65 **every other**
每隔一……

I don't go there every day, only **every other** day.
我不是每天去那裡，而是每隔一天才去。

比較 I've been there dozens of times.
我去過那裡好多次了。

66 **over and over**（again and again；repeatedly）
再三

1 I have told you **over and over** again.
我已經再三的告訴過你。

2 He apologized **again and again**.
他再三道歉。

67 **appeal to**（be attractive or interesting）
引起興趣

> Toys **appeal to** small children.
> 玩具引起小孩們的興趣。

比較 Music holds little appeal for me.
音樂很難吸引我。

68 **in the event of**
倘若；如果

> **In the event of** rain, the game will be postponed.
> 如果天雨，球賽將延期。

69 **similar to**
相似

> Your handwriting is very **similar to** mine.
> 你的筆跡和我的很相似。

比較 1 The two houses are similar in size.
兩座房子大小差不多。

2 I can see the similarity between you and your brother.
我看得出來你和你的弟弟很相像。

3 It is difficult to tell the twins one from the other.
很難辨別這對孿生子。

4 The two sisters look exactly alike.
這兩姊妹長得像極了。

5 His experiences parallel mine in many instances.
他的經歷在許多方面與我的相似。
**參考 113

No pain, no gain.
不勞者無獲。

70 lie in one's teeth
說大謊

If she told you exactly the opposite of what she told me, she must be **lying in her teeth**.
如果她告訴你的與她告訴我的正相反，她必定在說大謊。

比較 1 She lied about her age in order to get the job.
她為了得到那份工作，隱瞞自己的年齡。

2 Don't let the books lie on the floor.
不要把那些書散置在地板上。

3 I wanted to lie down and have a rest.
我想躺下來休息一下。

4 The lake lies to the north of the village.
那個湖就在該村的北邊。

5 He knows where his interests lie.
他知道他的利益所在。

6 Where does the blame lie?
這件事要怪誰？

	現在式	過去式	過去分詞	現在分詞
躺	lie	lay	lain	lying
放置	lay	laid	laid	laying
撒謊	lie	lied	lied	lying

*注意 lay 與 lie 極易混淆。

lie 躺、臥

1 He was lying on the ground.
他躺在地上。

2 He lay down on the sofa and soon fell asleep.
他在沙發上躺下，很快就睡著。

70   **lay** 置放

1   I lay aside ten dollars a day.
    我每天儲蓄十元。

2   Hens lay eggs.
    雞生蛋。

    lie 說謊

1   The witness was clearly lying through his teeth.
    那證人分明是在睜眼說瞎話。

2   How can you tell such a transparent lie?
    你怎能如此公然撒謊？

3   She has a propensity to tell lies.
    她有說謊的癖好。

4   He abhorred telling lies.
    他痛恨說謊。

5   Many children tell fibs.
    許多小孩說謊話。
    *注意 fib 及 lie 不同處

71   **in a hurry**（wanting to act or move quickly）
急忙的；慌忙的

    He was **in a hurry** to leave.
    他匆匆的離開。

比較 **1**   Her application was hurried through.
    她的申請很快得到了處理。

    2   In my hurry to leave, I forgot my passport.
    我匆忙動身，忘了帶護照。

72   **except for**
除去……之外

    The letter is good **except for** the spelling.
    該信很通順，只是拼法（字）有誤。

比較   Our dresses were the same except mine was red.
    我們的連衣裙是一樣的，只是我的那件是紅的。

73   **dry up**
乾涸

    The streams **dried up** in summer.
    溪流在夏天乾涸了。

74　**awash with**（containing a lot of）
充滿

The island is **<u>awash with</u>** tourists every summer.
每年夏天，島上到處都是觀光客。

比較 1　The whole place was awash.
那整個地方都淹水。

2　The road was washed out by the heavy rain.
那條路被豪雨沖毀。

3　She's doing the wash.
她正在洗衣。

4　She shampoos her hair every morning.
她每天早上洗髮。

5　The flood inundated the whole district.
洪水淹沒了整個地區。

6　Thousands of people were flooded out.
數以千計的人因洪水而被迫離家。

7　The flood undermined the house.
洪水侵蝕了那棟房屋的地基。
*注意 awash；wash 二字用法

Forewarned is forearmed.
有備無患。

75   **call up**（telephone）
打電話

> Can you **call** him **up** this evening?
> 今晚你可以打電話給他嗎？

call for（go and get）
去接（某人）

> I'll **call for** you at your home.
> 我將去府上接你。

call off（cancel）
取消

> The football match was **called off** because of the bad weather.
> 由於天氣惡劣，足球比賽取消了。

call out（uttering in a loud voice）
大叫

> She **called out** his name.
> 她高聲喊他的名字。

call on（make a visit）
訪問

> Last night, I **called on** Mr. Li and had a long talk with him.
> 昨夜，我拜訪了李先生和他對談良久。

比較   She came expressly to see you.
她專程來看你。

76   **in person**（being actually present）
親自地

> I will thank her **in person**.
> 我要親自向她致謝。

A cheerful heart is good medicine,
but a crushed spirit dries up the bones.
喜樂的心，乃是良藥；憂傷的靈，使骨枯乾。

77 **according to**
依據；按照

Do **<u>according to</u>** what I have told you.
照我吩咐的去做。

accord with
與……一致；與……符合

1 His actions accord with his words.
他言行一致。

2 These results accord closely with our predictions.
這些結果和我們的預測相當一致。

比較 **1** The man kept his word.
那人遵守諾言。

2 She's a woman of her word.
她是守信的女人。

3 He betrayed his promises.
他不遵守諾言。

4 Deeds must second words.
言行必須一致。

5 His words and actions don't jibe.
他的言行不一致。

6 My boss promised turned out to be full of sham and hypocrisy.
我老闆的許諾到頭來全是空的、騙人的。

7 Your statement doesn't jibe with the facts.
你的說法與事實不符。

*注意第四句中 second 用法

Actions speak louder than words.
行動比言語更為響亮。

78 **in need of**
需要

He is **in need of** money.
他需要錢。

比較 1 He is in great need.
他極為窮困。

2 She waged a campaign to help children in need.
她發起幫助貧困兒童的運動。

3 She spent most of her time helping the needy families.
她大部分的時間都用來幫助那些貧困人家。

4 They lived in wooden shacks.
他們住在木造的簡陋小屋裡。

5 Their tattered clothing and broken furniture indicated their poverty.
他們襤褸的衣服及破爛的傢俱均顯示出他們的貧窮。

6 We should help those impoverished children.
我們應該幫助那些貧苦的孩子。

7 Being kind to others is a virtue.
對別人仁慈是一種美德。

8 She often gives alms to beggars.
她常常施捨給乞丐。

9 My parents taught me to be benevolent.
我的父母教導我要慈悲為懷。

*注意 alms 發音
**參考 503；663

79 **rely on**（depend on）
依賴；依靠

1 As babies, we **rely** entirely **on** others for food.
在嬰兒時期，我們完全依賴別人餵食。

2 Whether or not we go on a picnic **depends on** the weather.
我們去不去野餐要視天氣而定。

80 **about to**（ready to）
即將

    The train is **about to** start.
    火車馬上要開。

比較 1 Everywhere people were going about their daily business.
    無論哪裡的人們都在爲日常工作忙碌。

2 Bird flu（Avian flu）is about.
    禽流感正在流行。

81 **to and fro**（back and forth）
來回地

    He is walking **to and fro** in his room.
    他在室內踱來踱去。

82 **brush up**
溫習

    Before I go to Paris I must **brush up** on my French.
    赴巴黎前，我必須溫習我的法文。

83 **as usual**（in the ordinary way）
照常；照例

    The park was crowded with people **as usual**.
    像平常一樣，公園到處都是人。

比較 This place is lousy with tourist in August.
    在八月份，這個地方擠滿遊人。

84 **break out**（begin suddenly）
突然發生

    A fire **broke out** on the top floor last night.
    昨夜頂樓發生了火災。

比較 The whole building was alight.
    整棟樓房都在燃燒。

break down（stop working）
故障

    The telephone system has **broken down**.
    電話系統故障了。

85 **blend with**
與……融合

    Oil does not **blend with** water.
    油與水不相融（無法容合）。

比較 1 These two colors blend well.
    這兩種顏色很相配。

2 He blended into crowd.
    他消失在人群中。

86 **behind time**
遲；誤點

The train is ten minutes **behind time**.
火車誤點十分鐘。

ahead of time
提早；提前

The building was completely **ahead of time**
這棟大樓全部提前完工。

87 **in search of**
尋找

I am at present **in search of** a house.
我現在正在找房子。

88 **angry with**
生氣（對人）

Why are you **angry with** me? What have I done?
你為什麼對我發怒？我到底做了什麼？

angry about
生氣（對事）

She sometimes gets **angry about** nothing.
她有時會亂發脾氣。

89 **in addition to**（besides）
除了

In addition to swimming, he likes tennis.
除了游泳之外，他喜歡網球。

90 **good at**
精通；善於

I am not very **good at** singing.
我不善於歌唱。

bad at
拙於

He's **bad at** playing the piano.
他不擅長彈鋼琴。

比較 1 He writes in a clear hand.
他的書法寫得很清楚。

　　 2 He scribbled a letter to his wife.
他潦草地寫了一封信給他的妻子。

　　 3 I hope you can read my scribble.
我希望你能看懂我潦草的字。

　　 4 His handwriting is quite illegible.
他的筆跡相當難辨讀。

　　 5 He is eligible for the position.
他有資格擔任那個職位。

　　 6 She's ineligible for the job because she's too young.
她因為太年輕而不適合那件工作。

*注意 ineligible；eligible；illegible 三字發音

91   every inch（completely）
徹頭徹尾；全部

1   The doctor examined **every inch** of his body.
醫生徹底檢查他的身體。

2   He knows **every inch** of Singapore.
他熟悉新加坡每一角落。

比較   Prices are inching down.
物價慢慢下降。

92   dedicated to
致力於；獻給……

1   He is **dedicated to** his job.
他對工作專心致志。

2   He **dedicated** his life **to** helping the poor.
他一生致力於救助窮人。

比較   The neighbors are always willing to lend a hand.
鄰居們總是樂於幫忙。

93   by degrees（slowly and gradually）
漸漸地

By degrees their friendship grew into love.
他們的友誼逐漸發展成為愛情。

94   divide into
除／分成若干較小部分

1   If you **divide** 6 **into** 30, the answer is 5.
如果你以 6 除 30，答案為 5。

2   The book is **divided into** three parts.
這本書分成三部份。

A discerning man keeps wisdom in view,
but a fool's eyes wander to the ends of the earth.
明哲人眼前有智慧，愚昧人眼望地極。

95 **reason for**
原因

Nobody knows the **reason for** the accident.
無人知道意外的起因。

in reason
合理的

I'm willing to do anything **in reason**.
我願意做一切合理的事。

比較 **1** The ability to reason makes man different from the animals.
思考力使人異於禽獸。

2 Only man has reason.
只有人有理智。

96 **congratulate on**
祝賀

I must **congratulate** you **on** your exam results.
你考試成績優異，我要向你道賀。

97 **dress in**
穿著

Who's the woman **dressed in** green?
穿綠色衣服的女人是何許人？

dress up
盛裝

She always **dresses up** for parties.
她總是盛裝出席派對。

比較 **1** She dresses simply.
她衣著樸素。

2 Tina wore a dress of azure.
Tina 穿了一件碧藍的衣服。
*注意 azure 發音

98 **pull up**（halt）
停止；停車

He **pulled up** at the traffic lights.
他在交通號誌前停車（他在路口停車）。

99 **branch out**
拓展

I decided to **branch out** on my own.
我決定自己開業。

100 **bring forth**（give rise to）
引起

His remarks **brought forth** criticism.
他所說的話引人非議。

bring up（rear or raise）
養育

She was **brought up** by her aunt.
她由阿姨撫養長大。

比較 1　She reared a family of six on her own.
她一個人撐起了一個六口之家。

2　The snake reared its head.
那條蛇昂起了頭。

3　A snake was twisting around his arm.
一條蛇纏繞在他的手臂上。

101 **out of one's depth**
超過自己所能涉的深度／茫然（不懂）

1　If you can't swim, don't go **out of your depth**.
如果你不會游泳，不要走到過深處。

2　When people talk about classical music, I am **out of my depth**.
當人們開始談論古典音樂時，我就茫然。

102 **in spite of**（regardless of）
儘管；雖然

1　We like him **in spite of** his failings.
雖然他有缺點，我們還是喜歡他。

2　The club welcomes all new members **regardless of** age.
俱樂部對所有新成員不分年齡一律歡迎。

比較　He has a spite against me.
他對我懷有惡意。

103 **so as to**（in order to）
以便

1　I got up early **so as to** be in time for the first train.
我很早起來以便趕上第一班火車。

2　She arrived early **in order to** get a good seat.
為了拿到好位子她早早就到了。

104 **come across**
偶然遇到／找到

1 I **came across** him at the corner of the street.
我在街角偶然遇到他。

2 I **came across** this book in a second-hand shop.
我在二手書店找到這本書。

比較 **1** Two streets cross there.
那兩條街在那裡交叉。

2 He crossed me in everything.
他處處與我作對。

3 What is the distance across?
到對面有多少距離？

4 He lives across the road.
他住在路對面。

5 Don't be cross — I didn't do it on purpose.
別生氣—我不是故意做這件事。

6 Brunch is a cross between breakfast and lunch.
早午餐是早餐和午餐的混合。
*注意 cross；across 用法及詞性

105 **take A for B**
誤把 A 當做 B

He **took** me **for** John.
他把我誤當成 John。

106 **take off**
起飛／脫掉／減少

1 The plane **took off** an hour late.
飛機推遲一個小時才起飛。

2 Please **take** your shoes **off**.
請把鞋脫掉。

3 Can you **take** $5 **off** the price?
你能把價格減少 5 元嗎？

比較 I can't afford to pay such a high price.
我出不起這樣高的價錢。

107 sick for
懷念的;戀慕的
> He is **sick for** his home.
> 他懷念家鄉。

sick of(**tired or bored**)
厭惡
1 I am **sick of** flattery.
我厭惡諂媚。

2 I am **sick of** winter; why doesn't spring come?
我討厭冬天;為什麼春天還不來呢?

108 have a baby
生孩子
> Joan thought she was going to **have a baby** but only had a miss.
> Joan 以為她將要生產,然而卻流產了。

比較1 She miscarried several times before her first child was born.
她在她第一個孩子出生之前小產了幾次。

2 She snuggled the baby in her arms.
她將嬰孩摟在懷裡。

3 She nestled the child in her arms.
她懷裡抱著孩子。

4 The village nestles snugly at the foot of the hill.
這村落偎依在小山腳下。
*注意 nestle 發音

Nothing succeeds like success.
一事成,百事成。

109   in motion〔moving〕
移動中

1 The sea is always **in motion**.
海洋一直在動。

2 Do not alight while the train is still **in motion**.
火車未停穩時不要下車。

比較 1 Do not alight from a moving bus.
巴士行駛時不可下車。

2 Ten passengers have disembarked.
十名乘客下了車（船、飛機）。

3 She motioned him into her office.
她示意他到辦公室來。

4 Love, hate, joy and fear are all emotions.
愛、恨、喜和恐懼都是情感。

5 He could not think of his dead wife without emotion.
一想起他的亡妻，他就激動萬分。

6 His wife's death was an irrevocable loss.
他的太太去世是一項無法挽回的損失。

Where there's life, there's hope.
留得青山在，不怕沒柴燒。

110 die away
漸漸消失

The colors of the sunset **died away**.
落日餘暉慢慢消逝。

比較 1 Darkness was coming on apace.
黑暗快速地來臨。

2 The sun has already set, leaving the sky afire with orange light.
太陽西沈，晚霞（金黃色的光）滿布天空。

3 The sun dropped in the western sky.
太陽在西邊的天際下沈。

4 The sunset was a stunning spectacle.
夕陽西斜，異常壯觀。

5 The sunset rivaled the sunrise in beauty.
日落與日出媲美。

die down
逐漸變弱；逐漸平息

When the applause had **died down**, she began her speech.
掌聲停歇後，她才開始演講。

111 have to do with
與……有關

This **has** nothing **to do with** you.
這事與你無關。.

112 more or less
多多少少

Most people are **more or less** selfish.
大多數的人都多少有些自私。

比較 1 An altruist shows unselfish concern for other people's happiness and welfare.
利他主義者對他人幸福和福利表現出無私的關切。

2 As a soldier, he showed selfless devotion.
身為軍人，他對國家展現了無私的忠誠。

3 Unselfishness is laudable.
無私是值得讚美的。

113 **take after**（resemble）
像

1 Your daughter doesn't take after you at all.
你女兒長得一點兒都不像你。

2 She closely resembles her sister.
她和姐姐很像。

比較 1 She bears a striking resemblance to her older sister.
她酷似她姐姐。

2 He is the ditto of his father.
他是他父親的複製品（長得一模一樣）。

3 The girl favors her mother.
這女孩面貌像她的母親。

4 Have you ever met your double?
你曾遇到和你相像的人嗎？

5 A parrot can mimic a person's voice.
鸚鵡能仿效人的聲音。

6 The clouds mimic islands in the sea.
雲極像海中的島嶼。

7 Children like to imitate adults.
小孩喜歡模仿大人。

8 Your voice is identical to hers.
你的聲音和她的完全相同。

114 **by no means**（in no way；not at all）
決不；一點也不

He is **by no means** an honest man.
他決不是個誠實人。

比較 1 He made his fortune by means of smuggling.
他靠走私致富。

2 I had my fortune told last week.
我上星期去算了命。

115 **load up**
裝貨於車、船等

Have you finished **loading up** yet?
你已將貨物裝載完了嗎？

116 **come to nothing**
完全失敗；無結果

His plan has **come to nothing**.
他的計劃已成泡影。

117 **out of proportion**
不相稱

They earn salaries **out of proportion** to their ability.
他們掙的工資與其能力不相稱。

比較 Children tend to have relatively larger heads than adults in proportion to the rest of their body.
小孩子和成人的頭部與身體其他部位之比例，孩子的頭部往往要比成人相對地大一些。

118 **each other**
互相（限於二者之間）

They saw **each other** every day.
他們每天碰面。

one another
彼此互相地（三者以上之間）

They gave presents to **one another** at Christmas.
在聖誕節，他們彼此互贈禮物。

one after another
相繼地

They left house **one after another**.
他們相繼外出。

比較 1 Won't you have another cup of tea?
你要不要再來一杯茶？

2 To know is one thing, to do what you know is another.
知道是一回事，去做你所知道的是另一回事。

3 Put it in your other hand.
把它放在你另一隻手。

4 Show some thoughts for others than yourself.
為別人著想一下。

119 **get nowhere**（not progress or succeed）
沒有進展；不成功

1 They're **getting nowhere** with this work.
他們做的這件工作毫無進展。

2 All my efforts **got** me **nowhere**.
我的一切努力都徒勞無功。

比較 **1** The purse is nowhere to be found.
此錢包已無處可尋。

2 She came from nowhere to win the championship.
她從無名之輩脫穎而出奪得冠軍。

120 **set aside**（save）
存下；留下

I try to **set aside** part of my wages every month.
我想把每個月一部份的工資存下來。

比較 **1** Provident men lay aside money for their families.
深謀遠慮（有先見之明）的人為其家人儲蓄金錢。

2 Save some money and lay it by.
節省些錢，並把它存起來。

121 **too...to**
太……而不

1 She's much **too** proud **to** say hello to us.
她太高傲，不肯跟我們打招呼。

2 He was **too** obtuse **to** take the hint.
他太愚蠢了，不能體會此暗示。

3 It is never **too** late **to** mend.
亡羊補牢猶未晚也。

4 She is **too** young **to** be able to tell time.
她年紀太小了，還不會看時間。

比較 Are you being deliberately obtuse?
你是不是故意裝傻？

122 **so far**
至目前為止；迄今

This is the best I have so far seen.
這是我迄今見過最好的。

123 **turn out**（produce）
生產

This factory **turns out** 10,000 laptop computers a month.
這工廠一個月生產一萬台手提電腦。

turn down（refuse or reject）
拒絕

Why did you **turn down** his offer?
你爲何拒絕他的提議？

124 **speak out**
發表意見；大膽說出

We decided to **speak out** at the next meeting about the poor lighting in our office.
我們決定在下次開會時把辦公室照明不足的問題大膽說出。

125 **rejoice at**
爲……而快樂

He **rejoiced at** your success.
他爲你的成功感到欣喜。

126 **either...or**
不是……就是……；或……或

1 He is **either** in London **or** in Paris.
他或在倫敦或在巴黎。

2 Do you speak **either** French **or** German?
你會説法語或德語嗎？

3 Those fish swim **either** singly **or** in schools.
那些魚不是單獨游，就是成群地游。

*注意第 3 句 school 的意思
比較 You may go by either road.
（兩條路）你可任走一條。

neither...nor
既不是……也不是

1 It's **neither** too hot **nor** too cold.
天氣不太熱也不太冷。

2 **Neither** you **nor** I am wrong.
你和我都沒錯。

3 He **neither** drinks **nor** smokes.
他不喝酒也不抽煙。

比較 The first one wasn't good and neither was the second.
第一個不好，第二個也不行。

127 **in the long run**（in the end）
終究

1 What he did seemed wrong, but it was justifiable **in the long run**.
他做的事似乎是錯的，但最後證明那是對的。

2 She tried again and again and succeeded **in the end**.
她一試再試，終於成功。

比較 1 Her action was entirely justifiable.
她的行為是完全正當的。

2 Her special skills justified her higher salary.
她的特殊技能說明她為何領較高的薪水。

3 This photograph doesn't do her justice.
這張照片把她照差了（她本人要比這張照片漂亮）。

4 The picture flatters her.
這張照片比她本來面目美。

5 The photograph showed him to advantage.
他在這張照片中照得挺不錯的。

6 Shall you have your likeness taken?
你要人替你照相嗎？
**參考 642

The proof of the pudding is in the eating.
只有通過體驗才能判斷事物的好壞。

128 **to the best of my knowledge**（as far as I know）
據我所知

> **To the best of my knowledge**, he is honest and reliable.
> 據我所瞭解，他是個誠實可靠的人。

without the knowledge of
連……都不知道

> He left home **without the knowledge of** his wife.
> 他離家連他太太都不知情。

> 比較　The tension between Lillian and Ian is palpable.
> Lillian 和 Ian 之間的緊張狀態是容易察覺出來的。

129 **make friends with**
與……交友

> Within two days she had **made friends with** everybody on the boat.
> 在兩天內，她和船上的每個人交上朋友。

> 比較　I heard about it through a friend of a friend.
> 我通過朋友的朋友聽到這件事。

130 **out of work**
失業

> He has been **out of work** for three months.
> 他已經失業三個月了。

> 比較 1　He has been out of employ for a year.
> 他已失業一年了。

> 2　The factory employed 300 hands.
> 這工廠雇用了 300 人。

at work
工作中（上班時）

> 1　Don't phone him **at work**.
> 上班時不要打電話給他。

> 2　He's **at work** on a new book.
> 他正忙著寫一本新書。

131 **without delay**
立即；趕緊

> We must start **without delay**.
> 我們必須立刻開始。

132 in the face of
面臨

He remained calm even **in the face of** dangers.
他面對危險時仍保持冷靜。

on the face of it（on the surface）
就表面來看

1 This story is false **on the face of it**.
這個故事看起來顯然是假的。

2 **On the surface**, he appeared unchanged.
看外表他好像沒變。

比較 1 He is very kind below the surface.
他實際上是很和善的。

2 One never gets below the surface with him.
無人能洞察他的內心。

133 live up to（fulfill）
符合……的標準（期望等）

Sometimes it's hard to **live up to** your parents' expectation.
有時候要達到父母的期望是不容易的。

比較 1 He has fallen short of our expectations.
他辜負了我們的期望。

2 Live and let live.
待人寬容如待己（互相容忍彼此的缺點）。

3 The lake was alive with fish.
這湖中有很多魚。

4 She does not know if he is alive or dead.
他究竟是生是死她全然不知。

The pot calling the kettle black.
五十步笑百步。

134 at all costs
不惜任何代價

I will try to save him **at all costs**.
我將不計任何代價救他。

at the cost of
犧牲；損失

He rescued the boy from drowning **at the cost of** his own life.
他冒著生命危險拯救這個快溺死的男孩。

比較 1 His dissipation cost him his fortune.
他的揮霍浪費使他損失全部財產。

2 The sun rose and dissipated the fog.
太陽升起來，驅散了霧氣。

3 We often dissipate our energies in trivial occupations.
我們常在不重要的事情上浪費精力。

4 A dissipated man is one who wastes his time and money.
不珍惜時間和金錢者，便是浪費的人。

5 He ate a frugal lunch of bread and cheese.
他吃了僅有麵包夾乳酪的簡單午餐。

135 make haste
急忙

She **made haste** to tell her mother the good news.
她迫不及待的把這個好消息告訴了她母親。

比較 1 He went off in great haste.
他匆匆離去。

2 Don't act in haste or be hot-headed.
行動不要太急否則就流於魯莽了。

3 I have an hour's leeway to catch the train.
我還有一個小時的充裕時間趕火車。

You reap what you sow.
種瓜得瓜，種豆得豆。

136 stir up
激起；鼓動

1 John **stirs up** the other children to mischief.
John 鼓動其他孩子惡作劇。

2 Hatred **stirs up** quarrels, but love covers all offenses.
恨能挑啟爭端；愛能遮掩一切過錯。

比較 1 The wind stirs the leaves.
風吹動樹葉。

2 Give the soup a stir.
把這湯攪拌一下。

137 as a rule（usually）
一般來說；照例地；通常地

1 **As a rule**, he arrives at the office about eight-thirty in the morning.
他通常在早上八點半左右來到辦公室。

2 I go to bed early **as a rule.**
我一向睡得早。

3 As a rule, business is slack in summer.
一般來說，夏天生意清淡。

138 back up（support）
支持

Please **back** me **up** in this argument.
請在此論點上，支持我。

139 engage in（take part in）
參與……；從事……

1 They **engaged in** a long discussion.
他們參與了冗長的討論。

2 Yolanda **takes part in** many school activities.
Yolanda 參加許多學校活動。

Nothing ventured, nothing gained.
不入虎穴，焉得虎子。

140 **round the corner**（around the corner）
就在附近；即將來臨

> **1** He lives **round the corner**.
> 他住在附近。
>
> **2** Christmas is just **around the corner**.
> 聖誕節即將來臨。

in the corner
在角落

> Put the lamp **in the corner** of the room.
> 把燈放在房間角落。

turn the corner
脫險；度過危機

> He has been seriously ill but has **turned the corner** now.
> 他病得很重，但現已轉危爲安。
>
> 比較 **1** The doctor said he had a 50 / 50 chance of survival.
> 醫生說他有百分之五十的存活機會。
>
> **2** People do not know the value of health till they lose it.
> 人們不到失去健康的時候，就不知道健康的可貴。
>
> **3** His health was undermined by overwork.
> 他的健康逐漸爲操勞過度所損害。
>
> **4** He looked very ill——his life force seemed to have drained away.
> 他看上去病得很厲害——他的生命力似乎枯竭了。
>
> **5** The patient is beyond hope and will die soon.
> 那個病人已沒有希望，不久就會死亡。
>
> **6** He's dying by inches.
> 他已氣息奄奄。
>
> **7** The doctors rated his chances as nil（=there were no chances）.
> 醫生認爲他沒有希望了。
>
> **8** In the moribund patient deepening coma are the usual preludes to death.
> 病人彌留之際，加深的昏迷通常是死亡的前兆。
>
> **9** The disease slowly sapped his strength.
> 那場病讓他的元氣逐漸消失。

140 **turn the corner**

> **10** The illness left her feeling listless and depressed.
> 那場病使她感到虛弱無力，提不起精神。
>
> **11** He has altered since his illness.
> 自從病後他已變了（病得衰弱了）。
> *注意 1.undermine 用法 2.prelude 發音
> **參考 154；666

141 **end up with**
結束；以……為結束

> We started with soup and had ice cream to **end up with**.
> 我們開始喝湯，最後吃霜淇淋。

142 **stand head and shoulders above somebody**
遠勝於某人

> He **stands head and shoulders above the other students**.
> 他遠比其他學生優秀。
> **參考 433

143 **under way**（moving ahead）
正進行中

> Negotiations between the two sides are now **under way**.
> 雙方之間的協商目前正進行中。

144 **take turns**
輪流

> We **took turns** at driving the car.
> 我們輪流駕車。
>
> 比較 **1** They got on the bus in turn.
> 他們依次登上那部公車。
>
> **2** Turn back the page to keep the place.
> 將該頁折疊起來備查。
>
> **3** They were doing odd jobs to turn an honest penny.
> 他們靠打零工賺錢（正正當當地賺錢）。

145 **turn off**
關閉

Turn off the water.
把水關掉。

turn on
開啟；打開

Turn the radio **on**.
打開收音機。

比較 1 Jazz has never really turned me on.
我對爵士樂從未真正產生過興趣。

2 Please turn the volume down.
請把音量調低些。

3 The weather has turned cold.
天氣變得寒冷了。

4 She turns 27 in May.
她到五月份就滿 27 歲了。

5 The baby went hot and cold by turns.
那嬰孩一會兒發熱一會兒發冷。

146 **put off**（postpone or delay）
推遲，拖延

Never **put off** till tomorrow what you should do today.
不要把今天該做的事拖到明天做（今日事應今日畢）。

比較 1 How old should you put me down at?
你猜想我有多大年紀？

2 Procrastination is the thief of time.
拖延為時間之賊。

3 Please be prompt when attending these meetings.
參加會議，請準時出席。

4 No sooner said than done.
一說就做；即說即做。

5 Don't loaf away your time.
不要浪費你的時光。

6 Life is transient.
人生如朝露。
*注意 transient 發音

147 anxious about
擔心;掛念

> Her mother was **anxious about** her.
> 她母親掛念她。

anxious for
渴望（後接所渴望之物）

> The boy was **anxious for** a bicycle.
> 那孩子渴望有一部腳踏車。

比較 1 All his cares and anxieties make him look quite old.
勞心及憂慮使他顯得蒼老。

2 The teacher praised him for his anxiety for knowledge.
老師稱讚他求知的欲望。

148 by day…by night
在白天……在夜間

> Most people work **by day** and sleep **by night**.
> 大多數的人白天工作晚上睡覺。

149 stand by somebody
援助;支持

> She **stood by me** when I was in trouble.
> 在我有難時，她對我伸出援手。

stand by something
遵守諾言（或協議）

> He still **stands by every word** he said.
> 他依舊恪守他說過的每一句話。

stand by（be a bystander）
袖手旁觀;無動於衷

1 Why are you all **standing by** doing nothing?
你們爲何全都袖手旁觀？

2 I can't **stand by** and see him suffer.
我不能坐視他受苦。

stand by（be ready for action）
待機;準備行動

> The troops are **standing by**.
> 部隊隨時待命出動。

150 **break off**（cut off；sever）
斷絕；終止／切斷；斷裂

    1 Negotiations were **broken off** this morning.
      今早談判終止了。

    2 They've **broken off** their engagement.
      他們突然解除了婚約。

    3 The island was **cut off** from the outside world by the tsunami.
      海嘯隔絕了那個村莊和外界的連繫。

    4 His knavery **cut** him **off** from the company of decent man.
      他的奸詐，使正派的人不屑與之爲伍。
      *注意 knavery 發音

    5 John **severed** his right foot in a motorbike accident.
      John 在一場摩托車意外把右腳摔斷了。

    6 Oil still gushing from a **severed** fuel line.
      石油仍不斷從斷裂的燃油管線湧出。

151 **at length**（in detail）
詳細地；充分地

    1 He told us about his trip to Europe **at length**.
      他把他的歐洲之旅詳細地告訴我們。

    2 He answered the question **in detail**.
      他詳細回答那個問題。

比較 1 He spoke at some length.
      他講得相當的詳盡。

    2 The days are lengthening.
      白晝愈來愈長。

    3 Every class is 50 minutes in length.
      每一節課爲 50 分鐘。

    4 School takes in at nine and lets out at three.
      學校於九點開始上課，三點放學。

152 **word for word**（in exactly the same words）
逐字地；一字一字地

    1 He read the letter to me **word for word**.
      他一字一字把信讀給我聽。

    2 Don't translate **word for word**.
      不要逐字翻譯。

153 **once for all**（once and for all）

堅決地；不再

> She decided to stop smoking **once for all**.
> 她毅然決然決定不再抽煙。

154 **little by little**

逐漸地；一點一點地

1 He practiced every day, and little by little, began to show improvement.
他每天練習，漸漸開始有了進步。

2 The patient got better little by little.
病人漸有起色。

比較 1 She is eager to be up and about again.
她渴望早日康復。

2 The doctor says that she is definitely on the mend.
醫生說她確是在痊癒中。

3 She is convalescent now.
她正在復原中。

4 It took her ages to get over her illness.
她花了很長時間才把病治好。

5 He is responding well to treatment.
他經過治療大有起色。

6 He endured his long illness with stoicism.
他默默忍受長期的病痛。
**参考 351；479；647

only a little（only a small amount）

只有一點點

> There is **only a little** sugar in the pot.
> 這瓶子裡的糖只剩一點點。

not a little（considerably）

相當地

> He was **not a little** annoyed when he heard the news.
> 他聽到這消息時，他相當地煩惱。

155 **step in**
走進；進入

I knocked on the door and he told me to **step in**.
我敲門他要我進去。

比較 1 The school is only a step away.
學校就在附近。

2 My house is next door to the school.
我家離學校很近（在學校旁）。

3 They were walking in step.
他們以一致的步伐行走。

4 We must take steps to prevent this from happening again.
我們必須採取步驟，防止這種情形再度發生。

156 **aside from**（besides）
除……之外

Aside from English, she speaks French.
除了英語之外，她會說法語。

157 **all of a sudden**
突然

The train stopped **all of a sudden**.
火車突然停了下來。

all at once
突然

All at once he burst into tears.
他突然放聲大哭。
**參考 497

158 **chase out**（drive away）
驅逐；趕走

My father **chased out** the dogs that were eating flowers in his garden.
我父親趕走在他花園裡吃花的那些狗。

比較 The dog followed the fox.
獵狗追趕狐狸。

159 get ahead of
領先某人

I **got ahead of** other people in the race.
我在比賽中領先他人。

比較 1 There will be many difficult and challenging days ahead.
在未來的歲月中會有許多的困難和挑戰。

2 The path ahead is blocked by fallen trees.
前面的小路被倒下來的樹堵住。

3 The task ahead is huge.
未來的工作很重。

160 not a few（a good many）
許多的；不少的

Not a few people were present at that party.
那場派對有不少人出席。

a few

1 There are **a few** foreigners in this town.
在鎮上有些外國人。

2 I knew **a few** of the people there.
我在那兒認識一些人。

3 We're going away for **a few** days.
我們要離開幾天。
*注意 a few 不多的（有一些）具有肯定意義

比較 1 There are **few** foreigners in this town.
在鎮上的外國人寥寥無幾。

2 He has **few** friends.=He is almost friendless.
他幾乎沒有什麼朋友。

3 I know **few** of them
我只認識他們當中的少數人。

4 He is a man of **few** words.
他是一個寡言的人。

5 **Few** words are best.
沈默是金。

6 **Few** people know her name.
很少人知道她的名字。

7 **Few** things are impossible.
很少有事情是做不到的。
*注意 few 很少的（幾乎沒有）具有否定意義

161 **in the middle of**（busy with）
在忙著……

1 They were **in the middle of** dinner when I called.
我打電話去時他們正在吃晚飯。

2 I'm **in the middle of** writing a difficult letter.
我正忙著寫一封難寫的信。

162 **make good**
修補；賠償

1 The carpenter will **make good** the broken chair.
木匠會把破椅子修好。

2 She promised to **make good** the damage.
她答應賠償損失。

3 The cashier **made good** the shortage and was given a light sentence.
出納員將短少的公款賠出來，而蒙從輕發落。

比較 The bank teller embezzled US$3 million from the bank.
這銀行出納員侵吞銀行三百萬美金。
*注意：1.輕刑 light sentence 2.重刑 harsh sentence
3.無期徒刑 life sentence 4.死刑 capital punishment

163 **be accustomed to**（be get used to）
習慣於

1 This old man **is accustomed to** taking a cold bath every morning.
這老人習慣每天早上都作冷水浴。

2 I **am** not **accustomed to** walking long distance.
我不習慣長距離步行。
**參考 281

比較 **1** Accustom yourself to getting up early.
你要習慣於早起。

2 The club is for the use of members only.
俱樂部僅供會員使用。

3 He took his accustomed seat by the window.
他坐在他通常坐的那個靠窗的位置。
**參考 281

164 cling to（hold fast）
依附；黏住

> 1 The vine **cling to** the wall.
>   蔓藤攀附在牆上。
>
> 2 The wet clothes **clung to** his body.
>   濕衣黏在他的身上。
>
> 比較 The grapevine creeps along the wall.
>   葡萄藤沿牆蔓延。

165 be deficient in
缺乏

> 1 He is **deficient in** courage.
>   他欠缺勇氣。
>
> 2 Patient who are **deficient in** vitamin C tend to catch cold.
>   病人缺乏維他命 C 易得感冒。

166 take by surprise
突襲

> The town was **taken by surprise**.
> 該城被奇襲攻陷。

167 first of all
首先；第一

> **First of all**, you have to correct your pronunciation.
> 首先，你要矯正發音。

from the first
從一開始

> **From the first** I disliked the man.
> 從一開始我就不喜歡那個人。

first and last
總而言之

> **First and last**, it is important to know oneself.
> 總而言之，認識自己是重要的。

168 at the expense of（causing the sacrifice of）
犧牲

> He became a brilliant scholar only **at the expense of** his health.
> 他成了有學問的學者，卻犧牲了他的健康。

169 **stand a fair chance**
機會很小

A fat chance he has of winning the title.
他奪得冠軍的希望渺茫。

比較 **1** He has no earthly to win.
他根本沒有希望獲勝。

2 He is bent on winning.
他一心一意想贏。

3 They won the championship 3 years running.
他們連續地保持冠軍有三年之久。

stand a fair chance（stand a good chance）/（have a fair possibility）
很有……的希望

1 I **stand a fair chance** of winning.
我勝算很大。

2 Do you think I **stand a good chance** of winning first place?
你認為我有得第一的希望嗎？
**參考 671

比較 **1** Being ambitious, he always had an eye for the main chance.
他因為野心很大，時時注意抓住良機。

2 She outclassed all the other girls in English.
在英文方面，她遠勝過所有其他的女孩。

3 Their chances of winning the game are slim.
他們贏得那場比賽的機會很渺茫。

4 No one can touch him in biology.
在生物方面無人能趕得上他。

5 He didn't exert himself much.
他努力不夠。

6 Eddie may have been a dunce at mathematics, but he was gifted at languages.
Eddie 也許在數學方面是一個遲鈍的學生，但是在語言上具有天份。

One man's meat is another man's poison.
興趣愛好因人而異。

170 **in dispute**
在爭論中

1 The matter **in dispute** is the possession of the house.
在爭論中的事為房屋的所有權。

2 The cause of accident was still **in dispute**.
事故的原因仍在爭議之中。

171 **carry out**（follow； accomplish；get done）
履行；執行

His orders were not **carried out**.
他的命令未被執行。

比較 **1** He sneaked out, and I followed suit.
他溜了出去，我也照樣行事。

2 You had better follow up your letter with a phone call.
寄信後你最好再打個電話。

3 The second part of the plan has been accomplished.
計劃的第二部分已完成。

172 **consist of**（be made up）
由……而成

1 Water **consists of** hydrogen and oxygen.
水是由氫和氧所組成。

=Hydrogen and oxygen form water（H_2O）.

2 The committee **is made up** of seven members.
那委員會是由七位成員組成。

A leopard cannot change its spots.
本性難改。

173 **ill at ease**（feel uneasy）
不自在的；侷促不安的

I felt **ill at ease** in such formal clothes.
我穿著這樣正式的衣服覺得很拘謹。

比較 1 The belt is too tight; ease it a little.
帶子太緊了，放鬆一點。

2 I'll help if it will ease your job.
如果我的幫助可使你的工作容易些，我將助你一臂之力。

3 When school is out, I'm going to live a life of ease for a week.
學校放假時，我將過一星期輕鬆的生活。

feel at home（feel at ease）
覺得自在

1 I never **feel at home** in her house.
在她家我從不覺得自在。

2 You should make your guests **feel at home**.
你應該使賓客感到自在（有賓至如歸的感覺）。

比較 Home is where the heart is.
家乃心之所繫。

174 **pass off**（masquerade；pretend）
假扮；喬裝

He **passed** himself **off** as a millionaire.
他把他自己假扮成百萬富翁。

比較 He masqueraded as a policeman.
他喬裝成一個員警。

175 **free of charge**
免費

This ticket will be given to you **free of charge**.
這張票免費送你。

比較 We're offering a fabulous free gift with each copy you buy.
購買一冊就可得一份免費好禮。

176 **afar off**
遙遠；遠隔

I saw him **afar off**.
我看他正在遠處。

from afar
由遠處；由遠方

1 The light came **from afar**.
這光由遠處射過來。

2 Friends **from afar** are very welcome.
遠方來的朋友很受歡迎。

3 He loved her **from afar**（=did not tell her he loved her）.
他暗戀著她。

比較 1 The weather was far worse than we expected.
天氣遠比我們預期的糟多了。

2 That man will go far.
那人前途無可限量。
*注意 afar；far 不同

177 **from top to toe**
全身；從頭到腳

He was wet **from top to toe**.
他全身濕透。

比較 His clothes were soggy from the rain.
他的衣服因為淋雨而濕透。

178 **on the ground of**（because of）
因為

He wishes to resign **on the ground of** failing health.
他希望以健康不佳為理由辭職。

比較 Fear that the world was about to run out of oil proved groundless.
對世界石油即將告罄的恐懼證明是毫無根據的。

Don't judge a book by its cover.
勿以貌取人。

179 **keep away**（from）/（not go or get near）
避開

> **Keep away** from the fire.
> 勿近爐火。

keep on（continue）
繼續

> Don't **keep on** asking such silly questions.
> 不要一直問如此愚蠢的問題。

keep back（restrain）
抑制

> She was unable to **keep back** a sneeze.
> 她無法抑制住噴嚏。

keep off（not approach）
遠離

> **Keep off** the grass.
> 勿踩踏草皮。

keep up（maintain；continue）
維持／繼續

> 1 It costs a lot of money to **keep up** a car.
> 養護一輛車要花好多錢。
>
> 2 Will the fine weather **keep up**?
> 好天氣會持續下去嗎？

keep up with（stay even with）
趕上

> Wages can't **keep up with** the cost of food.
> 工資趕不上食物的花費。

180 **concentrate on**（focus on）
專注於；集中於

> 1 Jack is **concentrating on** getting his assignment finished.
> Jack 正專注完成他的作業。
>
> 2 The discussion **focused on** three main problems.
> 這項討論集中於三個主要問題上。
>
> 比較 He read the book with most concentrated attention.
> 他極專注地讀了那本書。

181 **kill time**（spend time idly）
消遣；消磨時間

> We went to a movie to **kill time**.
> 為消磨時間，我們去看了場電影。
>
> 比較 I have two hours to kill.
> 我有兩小時的時間要打發。
> **參考 464

182 **pull out**（withdraw）
撤手；退出

> We've **pulled out** of the business deal.
> 我們已不從事買賣生意了。

pull down（destroy；tear down）
拆除；破壞

> The old houses were **pulled down** last month.
> 這些老舊的房舍在上個月遭拆除了。

183 **by heart**（by memory）
熟記

> 1 The boy knows many folk songs **by heart**.
> 那男孩熟記好多首民謠。

> 2 She learned the whole book **by heart**.
> 他把整本書背了下來。

比較 1 This good news will hearten you.
這項好消息將激勵你。

2 My father seems rather stern but he's a very kind person at heart.
我的父親看起來很嚴厲，但他實際上很仁慈。

3 An actor must learn his lines.
演員必須背臺詞。

4 The performance consists of dance, music and mime.
演出包括舞蹈、音樂及啞劇。

5 She's a wonderful versatile actress.
她是一個多才多藝的女演員。

Half a loaf is better than no bread.
聊勝於無。

184 **take...apart**（take…to pieces）
拆開

> They **took** the bicycle **apart** to repair it.
> 他們把單車拆開修理。

tell...apart（distinguish）
分辨

> It's not easy to **tell** the twins **apart**.
> 那對雙胞胎不易分辨。

比較 1 He can distinguish between right and wrong.
他能辨別是非。

2 The twins look exactly alike—how can you tell which is which?
這對雙胞胎看上去一模一樣，你怎能分辨出他們呢？
**參考 202

185 **no better than**
等於

> He is **no better than** a beggar.
> 他簡直是個乞丐。

比較 He begs his bread from door to door.
他沿門求乞。

186 **of itself**
自行（未受外界影響）

> The light went out **of itself**.
> 燈光自行熄滅。

by itself（alone）
獨自（不藉外界助力）

1 The house stands **by itself** in an acre of land.
房子孤零零地座落在一大片田野間。

2 An automatic machine is one that goes **by itself**.
自動的機器就是自行活動的機器。

in itself
就其本身而言；本來

> Wine is not bad **in itself** if you don't drink too much of it.
> 只要你不喝得過量，酒本身並沒什麼不好。

比較 1 He often drinks himself into oblivion.
他常常喝酒喝得不省人事。

2 No roads is long with company.
酒逢知己千杯少（有伴同行不怕路遙）。

187 **or else**〔if not；otherwise〕
不然

> Hurry up, **or else** you'll be late.
> 快一點，要不然你會遲到。

比較 Take a taxi--otherwise you won't get there in time.
搭乘計程車——否則你無法及時趕到那裡。

188 **off and on**〔**on and off**；**not regularly**〕
斷斷續續

1 It rained **off and on** the whole night last night.
昨晚雨斷斷續續下了一整夜。

2 The light goes **on and off**.
燈忽明忽暗。

3 It drizzled **on and off** yesterday.
昨天斷斷續續下著細雨。

on and on
繼續不斷地

> He talked **on and on**.
> 他不斷的說話。

189 **figure out**〔solve or understand〕
解決／理解

1 She can't seem to **figure out** her problems.
她似乎無法解決她的問題。

2 I can't **figure out** what he was hinting at.
我不能理解他用意何在。

190 **speak ill of**
講……的壞話

> Don't **speak ill of** others behind their backs.
> 不要在人後說三道四（講人壞話）。

speak well of
講……的好話

> He is **spoken well of** by everybody.
> 人人都對他誇讚不已。

191 **pass out**〔faint〕
昏倒；昏過去

1 He hadn't eaten all day, and he **passed out**.
他整天未進食而昏倒。

2 She **passed out** from the heat.
她熱得昏了過去。

比較 He's famished after working all day.
工作一整天後，他非常餓。

192 wear out
用久而磨損；用壞／使厭煩；使精疲力竭；耗盡

1 My shoes are **worn out**.
我的鞋穿壞了。

2 He **wore out** two pairs of shoes last year.
去年他穿壞兩雙鞋。

3 The kids have totally **worn** me **out**.
孩子們簡直把我煩透了。

4 You'll **wear** yourself **out** if you carry on working so hard.
你要是繼續這樣拼命工作，身體會吃不消的。

5 I have **worn out** my patience.
我的忍耐已經到限度了。

193 watch out for（be careful of）
小心；提高警覺

Watch out for cars when you cross the street.
你過馬路時要小心來車。

比較　For three days she watched over the sick child.
她照顧那名病童三天。

194 put up with（tolerate or endure）
忍受；忍耐

The house is beautiful, but I can't **put up with** the noise of the trucks.
這房子很漂亮，但是卡車的噪音令我無法忍受。

比較　The ability to tolerate pain varies from person to person.
忍痛的能力因人而異（每個人都不一樣）。

195 press on（continue to work hard）
不斷努力；不懈怠

Regardless of all the interruptions, she **pressed on** with the job.
不理會諸多干擾，她毫無懈怠投入工作。

be pressed for（not have enough of）
缺少

1 He is hard **pressed for** money.
他很缺錢。

2 I'm **pressed for** time right now.
我現在趕時間。

196 aim at
瞄準／目的在……；針對……（對象）／立志要……；指望……（成功）

1 She **aimed** the gun **at** the target and fired.
她把槍瞄準靶子並擊發。

2 The advertising campaign is **aimed at** children.
這項廣告活動以兒童為對象。

3 Lily **aims at** becoming a lawyer.
Lily 立志要成為律師。

比較 **1** What is your aim in life?
你生活之目的為何？

2 Technique is not the aim and end of art.
技巧非藝術之終極目的。

3 Do not lead an aimless life.
不要過漫無目的的生活。

197 for sale（available to be bought, especially from the owner）
待售；供出售

Excuse me, is this lamp **for sale**?
It doesn't have a price on it.
請問這盞燈要賣嗎？
它上面沒有標價。

on sale（available to be bought, especially in a shop）
出售；上市

1 Tickets are **on sale** from the booking office.
售票處正在售票。

2 The new model goes **on sale** next month.
新款下月上市。

比較 On a raining day, umbrellas really sell.
下雨天傘的銷路好。

Charity begins at home.
博愛始於自家。

198　die of（an illness）
死於（某種疾病）

> A：What did he **die of**?
> 他是怎麼死的？
>
> B：A heart attack.
> 心臟病發而死。

比較 1　A family of four perished in the fire.
一家四口死於此次火災之中。

2　He passed away during the night.
他在當晚逝世。

3　Overwork killed him.
過度工作是他的死因。

4　His death concurred with his birthday.
他的忌日和他的生日是同一天。

5　The words died on my lips （I stopped speaking）.
我的話到嘴邊又縮了回去（欲言又止）。

199　out of practice
疏於練習

1　She was **out of practice** at singing.
她疏於練唱。

2　That cellist got **out of practice**.
那個大提琴手疏於練習。
*注意 cellist 發音

200　come into effect（come into force）
生效

> The new law **comes into effect** from January 1.
> 從元月一日起新的法律開始生效。

比較 1　The king revoked his decree.
那國王取消他的法令。

2　That law was later rescinded.
那條法律後來被廢除。

201　suffer from
受……之苦；因……而痛苦

1　She **suffers from** headaches.
她患頭痛症。

2　Many companies are **suffering from** a shortage of skilled staff.
許多公司苦於缺乏熟練員工。

202 **tell from**（distinguish）
辨別；識別

I can't **tell** Alan **from** his twin brother.
我無法分得出 Alan 和他的孿生弟弟。

比較 **1** I always confounded her with her twin sister.
我總分不清她和她的孿生姐妹。

2 Confounded by all the winding streets, I became lost.
曲折的道路把我弄糊塗了，所以我迷了路。
**參考 184

203 **for the sake of**（for the purpose of；with a view to；for the love of）
為……緣故

1 Never do wrong **for the sake of** money.
絕不要為了錢去做壞事。

2 **For the love of** mercy, stop that noise.
請大發慈悲不要再吵人了。

3 She's painting her house **with a view to** selling it.
她在粉刷房子，想把它賣掉。

204 **differ from**
和……（意見；內容）不同

1 My opinion **differs from** his.
我的意見和你的不同。

2 French **differs from** English in this respect .
在這方面法語不同於英語。

比較 **1** I beg to differ.
很抱歉我難贊成。

2 Ideas on childcare may differ considerably between the parents.
在扶育兒童方面父母的觀點迥然不同。
*注意 differ 發音

205 **turn up**（to be found）
（指丟失後偶然）被發現；被找到

His luggage **turned up** a week late.
他的行李一星期後被發現。

206 **in memory of**（in remembrance of；in honor of）
為紀念……

1 We had a meeting **in memory of** him.
為紀念他，我們開了一個紀念會。

2 They are going to erect a monument **in memory of** the dead.
他們將豎碑以紀念死者。

比較 1 Robert died twenty-five years ago but his memory lives on.
Robert 25 年前就去世了，但他卻留在人們的記憶中（人們永遠懷念他）。

2 He finally memorized the poem.
他終於記住了那首詩。

3 My memory of my childhood is rather sketchy.
我對我童年的記憶並不完整。

4 The photos bring back lots of good memories.
這些照片喚起了許多美好的回憶。

5 Although I haven't seen him for years, his face is still engraved on my memory.
我雖多年未見到他，他的面容仍深印在我的腦海裡。

6 The event is over but the memory lingers on.
那件事已過去，可是人們的記憶猶存。

7 I have obliterated him from my memory.
我已把他遺忘了。

8 He recited the poem by rote.
他背誦這首詩。

9 People have short memory.
人是健忘的。

207 **by means of**（by using）
用……的方式

He succeeded **by means of** hard work.
他辛勤努力而獲致成功。

Rome wasn't built in a day.
羅馬不是一天造成的。

208 **in number**
總共

> We were eight **in number**.= There were eight of us.
> 我們共有八個人。

a number of（several；many）
一些；若干

> She made **a number of** errors in her test.
> 她在測驗中答錯了幾題。

比較 I failed my test because of errors in spelling.
我因拼字錯誤而考不及格。

209 **with regard to**（as regards）
至於；關於

> 1 The company's position **with regard to** overtime is made clear in their contracts.
> 公司關於加班的立場在合同中有明確說明。

> 2 What are your views **as regards** his suggestion?
> 關於他的提議你有什麼看法？

210 **at the risk of**
冒……之險

> He saved the child **at the risk of** his own life.
> 他冒著生命危險拯救了這孩子。

比較 You're risking your health by smoking.
你抽煙是在危害自己的健康。

211 **on account of**（owing to；because of）
由於；因為

> He could not come **on account of** his illness.
> 他因病無法前來。

212 **cheer up**
高興；歡樂

> He **cheered up** at once when I promised to help him.
> 當我答應助他一臂之力，他立刻雀躍不已。

比較 1 The news cheered everyone.
那消息使大家都很歡愉。

2 Sunshine and the singing of birds are cheery.
陽光和鳥叫令人愉快。

213 for want of (for lack of)
因缺乏……之故

1 He could not go abroad **for want of** money.
他因缺錢無法出國。

2 I sold the business **for lack of** capital.
我因資本不足而出售我的企業。

214 change over
轉換；更迭

The railways here have **changed over** from steam to electricity.
此地的鐵路（火車）已由蒸汽改為電氣了。

215 opt for (make a choice)
選擇

1 She **opted for** a trip to Paris.
她選擇到巴黎旅遊。

2 After graduating she **opted for** a career in pop music.
她畢業後選擇流行音樂作為職業。

216 in private (secretly)
祕密地

I wish to talk with you **in private**.
我希望能祕密地和你交談。

217 thanks to (owing to；because of)
幸虧；由於

1 **Thanks to** your timely help，I was able to finish the work as scheduled.
幸虧你適時的幫助，我得以按進度把工作完成。

2 **Thanks to** his carelessness, we had a car accident.
由於他的粗心，我們出了車禍。

比較 **1** There was a fire in the building, but thankfully no one was hurt.
大樓失火了，但幸好沒有傷著人。

2 He wasn't badly hurt—that's something to be thankful for.
他的傷不重，這倒是值得慶幸。

218 **out of...**
在……外面／在……範圍之外／喪失……／沒有……／由於；出於

1 He went **out of** the house.
他走到屋外。

2 The ship has gone **out of** sight.
船駛遠看不見了。

3 He is **out of** work now.
他現在失業中。

4 We are **out of** coffee.
我們沒有咖啡。

5 I helped him **out of** pity.
我是出於憐憫幫他忙。

out of order（not working）
壞了

The elevator was **out of order** and we had to walk to the top floor.
電梯壞了，我們不得不走上頂樓。

219 **at random**（by chance；aimlessly）
隨意地；偶然地

1 Choose any number **at random**.
隨意任選號碼。

2 The contestants were chosen **at random** from the audience.
參賽者是從觀眾中隨意選出。

3 I met her **by chance**.
我偶然遇見她。

比較 1 His random guess at the number of beans in the jar won the prize.
他隨便亂猜廣口瓶中豆子的數目而得了獎。

2 Your guess was a long way out（completely wrong）.
你的猜測完全錯了。

3 We draw lots to decide who should be captain.
我們抽籤決定誰當隊長。

4 The lot came to me.=The lot fell upon me.
我抽中了籤。

220 destined for
指定／開往／飛往

  1 These books were **destined for** him.
     這些書是指定給他。

  2 I boarded a bus **destined for** London.
     我搭上開往倫敦的巴士。

  3 This plane is **destined for** Chicago.
     這架飛機飛往芝加哥。

  比較 He wants to be in control of his own destiny.
       他想要掌握自己的命運。

221 on holiday（on vacation）
在假期中

     John is away **on holiday** at present.
     John 目前正在度假。

  比較 She is quite run down and needs a vacation.
       她十分疲倦，需要有一個假期。

222 take pains
辛苦工作

     He has obviously **taken** great **pains** to study the details.
     他顯然在那細節的研究上大大地下過工夫。

  比較 A toothache is a pain.
       牙痛是一痛苦。

223 it is said
據說

     It is said in the newspapers that we're going to have a
     cold winter.
     據報載我們有個嚴冬要過。

  比較 Easier said than done.
       說著容易做著難。

224 as like as two peas in a pod（be exactly alike）
一模一樣

     The twin girls are **as like as two peas in a pod**.
     這對孿生姐妹長得一模一樣。
     **參考 113

225 for a rainy day（for a time when one is in need）
將來可能有的苦日子

     We must save money **for a rainy day.**
     我們必須爲將來的艱苦日子存些錢。

226 **after a fashion**
不太令人滿意地

John speaks English very much **after a fashion**, but Kate speaks it much better.
John 英語說得不太高明，而 Kate 就說得好多了。

out of fashion
不流行

When did this style of dress go **out of fashion**?
這種款式的洋裝什麼時候不流行了？

in fashion
流行

Long hair is very much **in fashion** now.
現在非常流行長髮。

227 **with respect to** （concerning）
顧慮到

We must plan **with respect to** the future.
我們作計劃時必須顧及未來。

228 **let alone**
至於……更不必說

He speaks Russian, **let alone** English.
他會說俄語，英語當然不在話下了。

229 **cope with**
應付；對付

1 They cannot **cope with** these difficulties.
他們沒辦法應付這些困難。

2 His indefatigable spirit help him to **cope with** his illness.
他不屈不撓的精神使他對付身上的病痛有所助益。

230 **ups and downs**
起伏；苦樂；盛衰

He has experienced the **ups and downs** of life.
他的人生經歷過大起大落。

比較 Vendors singsonged up and down the platform.
小販在月臺上以單調聲音來回叫賣。

231 **in the doldrums** （sadness；boredom）
意志消沈；精神不佳

1 I'm **in the doldrums** and you always cheer me up.
我意志消沈時，你總是鼓舞著我。

2 He's been **in the doldrums** ever since she left him.
自從她離開他以來，他一直很消沈。
*注意 doldrums 正確拼法

232 live from hand to mouth
僅夠糊口；毫無積蓄

> After he lost his job, the whole family had to **live from hand to mouth**.
> 他失業後，全家過著艱困生活。

比較　The news spread like wildfire from mouth to mouth.
那消息像野火般一個傳一個地迅速傳開。

233 in the dark（in secrecy）
一無所知

> **1**　We were completely **in the dark** about this plan.
> 關於此計劃我們全都一無所知。

> **2**　Don't keep me **in the dark**. Tell me!
> 別瞞我了。告訴我吧！

比較 **1**　Turn the light on at dark.
天黑時，開電燈。

> **2**　With only the fire burning, the room was dim.
> 這屋子光線微暗，只有火爐在燃燒。

234 but for（except for；without）
若非

> **1**　**But for** your help, we would have drowned.
> 若非你的相助，我們早就滅頂了。

> **2**　He would have played **but for** a knee injury.
> 若不是膝蓋受了傷，我們就可以玩耍。

> **3**　**But for** the excessive humidity, it might have been a pleasant day.
> 若非濕度過高，這可是愉快的一天。

比較 **1**　All but him were saved.
除他之外，都獲救了。

> **2**　All but two were wounded.
> 除二人外，全都受傷了。

235 **sit up**
坐直；坐正／不睡

> **1** He was able to **sit up** and take nourishment.
> 他能夠坐直進食。
>
> **2** The patient is well enough to **sit up** in bed now.
> 這病人現在已好到可在床上坐直。
>
> **3** Just **sit** me **up** a little. =Help me to **sit up**.
> 幫我扶正一點（幫我坐直些）。
>
> **4** We don't allow the children to **sit up** late.
> 我們不允許孩子熬夜。
>
> **5** The nurse **sat up** with her patient all night.
> 那護士整晚沒睡照顧著她的病人。
>
> *注意 set 用法

比較 **1** Winter seemed to set in early this year.
今年的冬天似乎來得早。

2 The sun sets in the west.
太陽在西邊落下。

3 She set the alarm for 6 A.M.
她把鬧鐘定在早上六點。

4 The cement has not set yet.
那水泥還沒有凝固。

236 **line up**（bring or come into a row）
排隊

> We always **line up** to buy tickets.
> 我們總是排隊買票。

237 **burst into laughter**
不禁而笑

> He **burst into** loud **laughter** when he heard it.
> 他聽到此事不禁大笑。

roar with laughter
哄然大笑

> The audience **roared with laughter** from time to time during his speech.
> 在他的演講中，聽眾的哄然大笑聲此起彼落不絕於耳。

238 **take place**
發生／舉行

    1 Where did the accident **take place**?
       意外發生在何處？

    2 When will the party **take place**?
       何時舉行派對？

take up
占／吸收

    1 This work **takes up** too much time.
       這項工作占太多的時間。

    2 Sponge **takes up** water.
       海綿吸水。

take to（feel a liking for）
對……喜愛

    1 The dog seldom **takes to** strangers.
       這狗不大喜歡陌生人。

    2 He hasn't **taken to** his new school.
       他對新學校還沒有產生興趣。

239 **from time to time**（occasionally）
時常

    I see Oliver at the library **from time to time**.
    我常在圖書館看見 Oliver。

240 **stem from**（come from）
起源於

    His lung cancer **stemmed from** smoking.
    他的肺癌起因於吸煙。

  比較 The stem supports the branches.
    樹幹支撐著樹枝。
    **參考 260

241 **keep one's head**（keep calm）
鎮定

    She could not **keep her head**.
    她無法保持鎮定。

lose one's head（become confused）
驚慌

    She completely **lost her head** and started crying.
    她完全驚慌失措開始嚎啕大哭。

242 **on one's own**（without help）
憑自己；獨力

    Can you do the work **on your own**?
    你能一個人做這件事嗎？

243 on the air
廣播（在收音機或電視上）

> The news is **on the air** at five o'clock.
> 五點鐘播報新聞。

in the air
不確定的／流傳的

> Our holiday plans are still all **in the air** .
> 我們的假期計劃仍然未定。

比較 Our plans are afloat.
我們的計劃尚未定案。

> There are rumors in the air.
> 謠言四處流傳。

比較 1 He scotched the rumor.
他消滅謠言。

2 It is rumored that there will be a holiday tomorrow.
有傳言明天將放假。

3 The rumor raised much conjecture.
這謠言引起很多的猜測。

4 Rumors of an earthquake were afloat.
地震的謠言散播甚廣。

5 Clouds float across the sky.
雲飄過天空。

6 Wood floats.
木頭能浮起來。

*注意此處 scotch 及 rumor 詞性及用法。

244 out of joint
不相稱

> Such behavior seems wholly **out of joint** with the fine upbringing.
> 這種行為似乎與他們良好的教養不相稱。

比較 The two men owned the yacht jointly.
此遊艇為該兩男子所共有。

245　**second to none**（the best）
第一

As a swimmer, he is **second to none**.
他的泳技不亞於任何人。

比較 **1**　As a major health risk hepatitis is second only to tobacco.
在危害健康的主要風險上肝炎僅次於香煙。

2　The company is proud to be in the vanguard of scientific progress.
這家公司以處於科學發展的領先地位而自豪。

246　**relate to**（have some relation to）
和……有關

1　The report **relates** heart disease **to** stress.
這份報告認為心臟病與壓力有關。

2　This letter **relates to** the sale of the house.
這封信與賣屋有關係。

247　**like...like**
有……，必有……

George and father never miss going to a football match on Saturdays：**like** father, **like** son.
星期六的每一場美式足球比賽 George 和父親從未錯過：有其父必有其子。

Absence makes the heart grow fonder.
不相見，倍思念。

248 **liable to**（prone）
易於

1 He is **liable to** seasickness.
他易暈船。

2 The area is **liable to** floods.
這個地區很容易鬧水患。

比較 1 Working without a break makes you more prone to error.
連續工作不停歇使人更容易出錯。

2 People with fair skin who sunburn easily are very prone to develop skin cancer.
白皙皮膚的人容易曬傷，有轉成皮膚癌的傾向。

3 He was found lying in a prone position.
人們發現他俯臥著。

4 She lay supine on the sofa.
她仰臥在沙發上。

5 There is no best way to prune, apart from making sure tools are sharp.
除了確保工具的銳利外，欲把樹木剪好別無更佳方法。

6 When should you prune apple trees?
蘋果樹應該什麼時候剪枝？
*注意 prone 及 prune 用法

249 **in particular**（especially；particularly）
特別地

1 Why did you choose that book **in particular**?
你為什麼特別選那本書？

2 I enjoyed **in particular** the singing.
我特別喜歡唱歌。

比較 She is very particular about her food.
她對自己的食物很挑剔。

250 **send for**
請某人來（幫忙等）

He is very ill; you must **send for** a doctor.
他病得很重；你一定要找醫生來看看。

251 for good (forever)
永遠

He left the hometown **for good**.
他永遠離開了家鄉。

比較 **1** The ticket is good for four months.
這張票四個月內有效。

2 We waited for a good hour.
我們等了整整一個小時。

3 Cuts have been made for the good of the company.
實行裁減是爲了公司的利益。

252 be named after
以……的名字命名

1 My dog **was named after** a cartoon character.
我的狗是以卡通人物的名字命名。

2 The place **was named after** him.
這地方以他的名字爲名。

比較 **1** The witness in the bribery investigation refused to name names.
在賄賂案之調查中,證人拒絕指名。

2 She would rather perjure herself than admit to her sins.
她寧願作僞證而不肯認罪。

3 He lay prostrate before the queen.
他拜倒在皇后前。
*注意 perjure 發音

253 close to
接近

Our house is **close to** the park.
我們的房子緊靠公園。

比較 **1** They live quite close by.
他們就住附近。

2 He died close on fifty years ago.
他差不多在五十年前去世。

3 She is always close with her money.
她用錢一向很小氣。
*注意 close 當動詞用之發音和當形容詞用之發音不同。

254 **at home and abroad**
國內外

This book is quite popular both **at home and abroad**.
這本書在國內外十分受歡迎。

255 **a great deal of**（a good deal of；…very much）
很多

1 They have obtained **a great deal of** experience.
他們獲得許多經驗。

2 I've spent a good deal of time on this letter.
我寫這封信花了好長時間。

256 **take advantage of**
利用

He **took advantage of** every opportunity to speak English.
他抓住（利用）每個能講英語的機會。

比較1 The fact that he didn't speak a foreign language put him at a distinct disadvantage.
他不會說外語使他處於明顯不利的地位。

2 The advantages of the scheme far outweighed the disadvantage.
這計劃的優點遠勝過缺點。

257 **make certain**
弄清楚

I want to **make certain** of the time of his arrival.
我想弄清楚他到達的時間。

258 **for the time being**（for the present time）
暫時

1 I am sorry I can tell you nothing more about this **for the time being**.
很抱歉對於此事我暫時無可奉告。

2 **For the time being** you will have to share this room with another person.
你暫時要和另外一個人同住這間房。

259 **prior to**（before）
在……之前

Lucy went on a diet during the weeks **prior to** her wedding.
在婚禮前的幾個星期 Lucy 開始節食。

260　derive from（stem from）
起源於；來自

　　1 A large part of English vocabulary **derives from** Latin sources.
　　很多英文字源自拉丁文。

　　2 You can **derive** much pleasure **from** reading.
　　你從閱讀中可以得到很多樂趣。

261　at liberty（free；allowed）
閒暇的；空閒的／言行自由的；不受約束的

　　1 When shall you be **at liberty**?
　　你何時有空？

　　2 You are **at liberty** to say what you like.
　　你盡可暢所欲言。

比較**1** Her translation takes liberties with the original text.
　　她的翻譯隨便篡改原文。

　　2 I have no ambitions other than to have a happy life and be free.
　　我沒有雄心大志，只求自由自在地過幸福生活。

262　so far as...is concerned
就……而言

　　So far as I'm **concerned**, it's a load of rubbish.
　　就我而言，那是一堆垃圾。

比較**1** Lack of sufficient education loaded the dice against him.
　　他因沒有受過充分的教育而吃虧。

　　2 She had too heavy a burden and became sick.
　　她負擔（工作）過重而病了。

263　en route（on the way）
在途中

　　The car broke down when we were **en route** for New York.
　　在我們去紐約的路上車子壞了。

264　free from（…without…）
無

　　1 I'm **free from** care.
　　我無憂無慮。

　　2 They never meet **without** quarrelling.
　　他們每次見面必定吵嘴。

265 **for a while**（a brief period of time）
一會兒

Let us sit in silence **for a while** and listen to the music.
讓我們靜靜地坐著聽一會兒音樂。

比較 **1** She's been abroad quite a while.
她已經出國相當長的一段時間。

2 Where have you been all the while?
你這一陣子到那裡去了？

266 **in earnest**（with serious or sincere intent）
認真地；鄭重地

1 If you work **in earnest**, you will succeed.
如果你認真工作，你會成功的。

2 I'm perfectly **in earnest**.
我完全是正經的（不是開玩笑）。

比較 **1** It is raining in real earnest.
雨真的下大了。

2 If you work in earnest, you will succeed.
如果你認真做事，你會成功的。

267 **under the circumstances**（because of the conditions）
在這種情況下

Under the circumstances there was no way for us to get there except on foot.
在這種情況下，要到那裡去，我們只有徒步前往別無他法。

比較 Under no circumstances should you go alone.
你絕不可一人獨自前往。

268 **catch up with**（overtake）
趕上；迎頭趕上

You have to work harder to **catch up with** the class.
你要用功些，好趕上班裡其他的人。

269 **just in case**
以防萬一

Kate carried an umbrella in her handbag **just in case** it rained.
怕會下雨，Kate 在包裡放了一把雨傘以防萬一。

270 later on
以後

> We shall discuss this matter <u>**later on**</u>.
> 此事我們以後再談。

比較 **1** I prefer the latter painting to the former.
我寧願要後面這幅畫而不要前面那一幅。

2 October and November come in the latter half of the year.
十月和十一月是在下半年。

3 He presented two solutions. The latter seems much better.
他提出了兩個解決方案，後一個看起來要好得多。

4 Of these two men the former is dead and the latter still alive.
這兩個人中前者已死，後者還活著。
*注意 later；latter 發音不同

271 keep pace with（keep up with）
趕上

> I cannot <u>**keep pace with**</u> him in physics.
> 我的物理沒有他好。

272 it remains to be seen（it will only be known later）
尚待分解（有待觀察）

1 <u>**It remains to be seen**</u> whether you are right.
你說得對不對還有待證實。

2 <u>**It remains to be seen**</u> who will win.
究竟鹿死誰手有待觀察。

273 jump to a conclusion
輕下斷語

> Don't <u>**jump to a conclusion**</u> before you understand the whole situation.
> 在你未弄清楚全盤狀況前勿妄下結論。

274 in the name of
以⋯⋯名義

> I am speaking <u>**in the name of**</u> all the students of our class.
> 我是以全班同學的名義代表發言。

275 **at any rate**（in any case）
無論如何

> **At any rate** she has done her best.
> 不管怎樣她已經盡力了。

比較 **1** Her performance didn't rate very high in the competition.
她在比賽中的表現欠佳。

2 Can we rate Mr. Carter among our friends?
我們可以把 Carter 先生當做我們的朋友嗎？
*注意 rate 作動詞用時之正確用法

276 **go after**
追求

> Some people **go after** fame, some **go after** truth.
> 有些人追求名聲，有些人追求眞理。

比較 You cannot eat your cakes and have it.
魚與熊掌不可兼得。

277 **far and wide**
各處

> The news of the victory spreads **far and wide.**
> 勝利的消息傳遍每個角落。

278 **get in the way**
妨礙

> Don't **get in the way** of our work.
> 不要妨礙我們的工作。

比較 **1** Heavy snows hinder us on our trip.
大雪妨礙我們的旅程。

2 A tall tree fell across the road and obstructed traffic.
一棵大樹橫倒在路上，阻礙了交通。

The devil makes work for idle hands.
人閒生是非。

279 **off hand**
立即

I'm afraid I can't answer your questions **off hand**.
你的問題我恐怕無法馬上答覆。

at hand
近處；準備好了的

1 He lives **at hand**.
他住在附近。

2 We keep a supply of canned foods **at hand**.
我們準備了一些罐頭食品作不時之需。

by hand
手工做的；用手

1 Was this made **by hand**?
這是手工做的嗎？

2 Did this letter come **by hand** or through the post?
這封信是由專人遞送的還是郵寄來的？

out of hand
即時／難控制

1 The situation needed to be dealt with **out of hand**.
這情況要即時處理（不可拖延）。

2 The boys have got quite **out of hand**.
孩子們變得很難控制。

in hand
保有／正在進行

1 I still have some money **in hand**.
我還有一些錢可用。

2 The work is **in hand** but not finished.
那工作正在做，不過還未做完。

hand in hand
手牽手地；合作地

1 They walked **hand in hand**.
他們手牽著手走。

2 They worked **hand in hand** to save the tigers.
他們合作去拯救那些老虎。

3 Poverty and poor health often go **hand in hand**.
貧窮和健康欠佳常有連帶關係。

280 **get into the habit of**
養成做……的習慣

I **got into the habit of** going for a walk every day after dinner.
我養成每天晚飯後散步的習慣。

比較 Don't let the children fall into bad habits.
不要讓孩子們養成壞習慣。

281　be used to（be accustomed to）
習慣於

　　　　　　　He **is used to** getting up early.
　　　　　　　他習慣早起。

　　比較　It was his use to rise early.
　　　　　　　早起是他的習慣。
　　　　　　　**參考 163

used to（did in the past）
過去如此；以前如此（指過去的習慣）

　　1　She **used to** be shy, but has changed since she went to college.
　　　　她以前很怕羞，但自進入大學之後，已經改變了。

　　2　I **didn't use to** like him much when we were at school.
　　　　以前我們同學時，我並不太喜歡他。

get used to（get the feel of）
對……變習慣

　　　　　　　You must **get used to** getting up early.
　　　　　　　你一定要習慣早起。

282　come down
傳遞；傳給／下來／（雨）下得好大

　　1　The custom has **come down** to us from our ancestors.
　　　　這風俗習慣是由我們祖先傳下來給我們的。

　　2　We saw them **coming down** stairs.
　　　　我看到他們從樓梯走下來。

　　3　How the rain is **coming down**!
　　　　雨下得真大。

　　4　The rain was coming down in buckets（=it was raining very heavily）.
　　　　下著滂沱大雨。

283　by then
到那時

　　　　　　　I will return in ten years; you'll be a young man **by then**.
　　　　　　　我十年後會回來，屆時你是個青年人了。

　　比較1　She sewed the button there and then.
　　　　　　　她當場把那個鈕扣縫好。

　　2　He accepted my offer then and there.
　　　　　　　他當場接受我的提議。
　　　　　　　*注意 there and then = then and there

284　in connection with
與……相關連

　　　　　　　My journey to Tokyo is **in connection with** my work.
　　　　　　　我到東京的行程是和我的工作有關。

285 lock up (close and lock a house., etc.)
關好門、窗等

> Will you **lock up** the house, please?
> 請將房門鎖起來好嗎？

286 take it for granted
想當然；認爲當然

> He **took it for granted** that his report is free from mistakes.
> 他的報告完全無誤，他視爲理所當然。

287 by the time (when)
當……時候

> **By the time** you get here, we will have left.
> 當你到這裡的時候，我們已先離開。

288 at the moment (now)
現在

> He was sleeping **at the moment**.
> 他現在正在睡覺。

比較 1 Danger momentarily increase.
危險時時在增加。

2 I'll be there momentarily.
我馬上會到。

289 count in
把……算在內

1 If you are looking for volunteers, **count** me **in**.
如果你們招募義工，把我算在內。

2 See how many cups we have but don't **count in** the cracked ones.
看看我們有多少個杯子，但不要將破的包括在內。

比較 1 There are 10 weeks to go, counting from today.
從今天算起還有十個星期。

2 She had lost count of the number of times she'd told him to be careful.
她不知告訴過他多少次要小心。

3 I have told you a thousand times not to do this.
我已經告訴過你無數次，不許你做這個。
**參考 427

290 **out of doors**（outside）
戶外

> The children love to play **out of doors**.
> 孩子們喜歡在戶外玩耍。

比較　I haven't been outdoors all day.
我一整天都沒出門。

291 **in sight**（near enough to be seen）
在望；看得見

> Peace is now **in sight**.
> 和平在望。

比較 **1**　Out of sight, out of mind.
眼不見，心不想（離久則情疏）。

2　The fugitive has been sighted in London.
有人在倫敦看見那名逃犯。

292 **in the neighborhood of**
近於／鄰近的地方

1　She looks to be **in the neighborhood of** 40.
她看上去年約四十左右。

2　Houses **in the neighborhood of** Paris are extremely expensive.
在巴黎附近的房子貴得出奇。

293 **as though**（as if）
一若；好像

1　He speaks **as though** he knew everything.
他說話好像他無所不知。

2　He lives **as if** he were a millionaire.
他日子過得像是一個百萬富翁。

294 **feel small**
感到慚愧；自慚形穢

> Such unselfishness made us **feel small**.
> 那樣的大公無私使我們自慚形穢。

比較　He is very generous in his charity.
他樂善好施。

295 **build on**（base on）
建立於……基礎上

You have already had some success ---you must **build on** it now.
你已經有些成就——應該以此為基礎繼續發展。

build up（make or get bigger gradually；increase；strengthen）
增加；加強

1 He has **built up** a large fortune.
他已經累積了一大筆財富

2 The traffic usually begins to **build up** around 4:30.
交通流量通常從四點半開始多起來。

296 **throw up**
嘔吐／舉起

1 He **threw up** his dinner.
他把吃的飯嘔吐了。

2 He **threw up** his arms.
他舉起雙臂。

比較 1 Volcanoes vomit lava.
火山噴出岩漿。

2 A chimney vomits forth smoke.
煙囪冒煙。

3 Steam exhausts.
蒸氣逸出來。

4 Sweet odors exhale from the flower.
香氣自花中發出。

297 **step up**
加速／增加

1 **Step** it **up** a little.
速度加快些。

2 My salary was **stepped up** last month.
我上個月獲得加薪。

298 **hammer out**（work out）
絞盡腦汁來解決（問題等）

1 We finally **hammer out** a solution.
我們終於想出一個解決的辦法。

2 Have you **worked out** your differences?
你們已經解決了你們的歧見嗎？

299 **rest on**（rest upon）
擱

1 Her elbows were **resting on** the table.
她的手肘擱在桌上。

2 The roof **rests on** eight columns.
這屋頂由八根柱子支撐。

300 **put into practice**
實行；實施

It is one thing to have theories, and another thing to **put them into practice**.
理論是一回事，而能否將它們付諸實施則是另一回事。

301 **at the helm**（in control）
居領導地位；掌管；負責

This company needs a strong manager **at the helm**.
這公司需要一位有實力的經理掌管。

比較 The helmsman steered the ship into the harbor.
那位舵手把船駛進港內。

302 **in the distance**（far away from here）
在遠處

A ship could be seen **in the distance**.
在遠方可見到一艘船。

303 **go off**（explode）
（爆竹；槍）響；爆炸

The firecracker **went off** with a bang.
爆竹啪一聲響了。

304 **go in for**（take an interest in）
嗜好；愛好

Tom **goes in for** tennis while his wife **goes in for** sculpture.
Tom 愛好網球而他的太太則喜愛雕刻。

Once bitten, twice shy.
一朝被蛇咬，十年怕井繩。

305　**by virtue of**（in virtue of；by means of）
憑藉著；由於

　1　He was promoted **by virtue of** his ability.
　　他由於有才能而被提升。

　2　She got the job **in virtue of** her greater experience.
　　她由於經驗較為豐富而得到了那份工作。

　3　This is a two year course taught **by means of** lectures and seminars.
　　這是一個為期兩年採演講及研討方式授課的課程。

比較　1　Humility is a virtue.
　　謙遜是一種美德。

　2　The climate here has the virtues of never being too hot or too cold.
　　此地氣候有不太熱亦不太冷的好處。

　3　The film ended most satisfactorily: vice punished and virtue rewarded.
　　這部電影的結尾皆大歡喜：邪惡受到懲治，善良得到報償。

　4　She incarnates all womanly virtues in her own person.
　　她總括所有婦德於一身。

　5　It's difficult to gauge one's character.
　　估量一個人的品格是很難的。

　6　She is pure within.
　　她心地純潔。

306　**hand down**（pass along）
傳給（子孫）

　1　This painting was **handed down** to my father from my grandfather.
　　這幅畫是從我祖父傳給我父親的。

比較　1　The picture on the wall was skewed.
　　壁上那幅畫歪斜。

　2　I don't know if the painting is authentic.
　　我不知道這幅畫是不是真跡。

307 know what's what
明白事理；很懂事

Thank you for your advice, as I don't **know what's what**.
我還不很懂事，謝謝你的忠告。

比較 1 Never trust another with what you should do yourself.
自己應親自去做的事，萬萬不可委託他人。

2 Our trust is that she will soon be well.
我們堅信她不久便會痊癒。

3 Do you trust the child to go out alone at night?
你放心讓小孩在夜晚獨自出去嗎？

4 The store will trust us.
這家商店可以賒帳賣給我們。

5 Don't trust to chance.
不要靠運氣。

6 She hasn't much trust in his words.
她不大相信他的話。

308 hit the sack
睡覺

He never **hits the sack** before midnight.
他睡得很遲。

309 wind up
結束／最終成爲

1 If we all agree, let's **wind up** the discussion.
如果我們大家都同意，那就結束討論吧。

2 They started as simple farmers and **wound up** as millionaire.
他們以純樸農夫起家而最後成爲百萬富翁。

比較 The man's arm is wound with bandages.
那人的胳臂上裹著繃帶。

310 **on the run**
匆忙地

　　1 He eats breakfast **on the run.**
　　他匆匆地吃早餐。

　　2 I've been **on the run** all day .
　　我整日忙碌。

比較 **1** The battery has run down.
　　電池的電用完了。

　　2 The butter ran.
　　奶油溶化了。

　　3 Blood ran in torrents.
　　血流如泉湧。

311 **at most**（at the most）
至多；不超過

　　1 I can pay only fifty dollars **at most**.
　　我至多只能付 50 元。

　　2 There were 30 people there, **at the most**.
　　那裡最多就只有 30 個人。

比較 **1** Three dollars is an exorbitant price for a dozen eggs.
　　以三塊錢買十二個蛋，價格太高。

　　2 It is idiotically cheap.
　　這便宜得不像話。

312 **make a spectacle of oneself**
出醜；丟人

He got drunk and **made a spectacle of himself** in the park.
他喝得酩酊大醉在公園中大出洋相。

比較 **1** Her garden is a spectacular display of flowers.
　　她花園裡的花朵爭奇鬥豔。

　　2 There were many spectators at the football match.
　　這場足球比賽有許多觀眾。

　　3 A radio announcer has an audience of millions.
　　無線電廣播員有數以百萬計的聽眾。
　　*注意 audience；spectator 不同

313 **off shore**
在離岸不遠的海中

The ship stopped a little way **off shore**.
這船停泊在離岸不遠的海中。

314 turn around
轉身

> When I touched him on the shoulder, he **turned around**.
> 我碰觸他的肩膀時，他轉身過來。

比較 **1** I could hear laughter all around.
我可以聽見周圍的笑聲。

2 The night watchman makes his rounds.
守夜者（保安員）巡察。

3 Will you hand these papers round, please?
請將這些試卷分給大家好嗎？

315 protect...from
保護

> Sunscreen can **protect** you **from** the sun.
> 防曬霜能保護你不曬傷。

316 at odds （having a quarrel or in disagreement）
與……爭吵（不和）

1 They were **at odds** over which TV program to watch.
他們為了觀看那個電視節目而爭吵不休。

2 She is now **at odds** with fate.
她現在正同命運掙扎（陷於不幸中）。

比較 **1** The odds are very much in our favor.
我們勝算極大。

2 There's something odd about that man.
那個人有點兒怪。

3 At school he was always the odd man out.
在學校裡他總是與別人格格不入。

*注意 odd：odds 不同
**參考 473；522；605

317 have a hand in
涉入；參與

> The detective was trying to find out if Ronald **had a hand in** the theft of the painting.
> 這偵探想查出 Ronald 是否涉入畫作竊案。

318 remind...about
提醒某人不要忘記

I'm glad you **reminded** me **about** the meeting. I had completely forgotten about it.
我很高興你提醒我要開會,我把它已忘得一乾二淨。

remind...of
使某人想起

This house **reminds** me **of** the one I lived in when I was a child.
這房子使我想起小時候我住過的房子。

比較 1 The old photographs awoke memories of childhood in me .
那些舊照片喚起起了我心中童年時代的回憶。

2 The smells of the sea awakened old memories in the mind of the old sailor.
大海的氣息在那名老水手的心中喚醒了舊日的回憶。

319 make way
讓路

All traffic has to **make way** for a fire engine.
所有車輛都要避讓消防車(要讓消防車先行)。

320 account for(explain;be the reason or cause)
說明;導致

The poor weather may have **accounted for** the small crowd.
天氣不好可能是人來得少的原因。

unaccounted for
下落不明;失蹤

At least 300 villagers are **unaccounted for** after the earthquake in this area.
在地震後這一區至少有 300 村民下落不明。

比較 The forces of nature are inexorable.
大自然的力量是冷酷無情的。

321 point...at
對著……的方向

Don't **point** that knife **at** me .
不要拿刀對著我。

比較 1 The reply was short and to the point.
回答簡短而切要。

2 What's your point in doing that?
你做那事的目的是什麼?

322   apologize to
道歉

She **apologized to** her teacher for coming to school late.
她因遲到向老師道歉。

比較 1   I do apologize for taking so long to answer your letter.
很抱歉這麼久才回你的信。

2   I felt that I had to apologize for.
我認為我得道歉。

3   I trust for his apology.
我期待他的道歉。

4   There is no apology needed.
無需道歉。

5   Your apology is superfluous.
你的道歉是沒有必要的。

6   Lillian gave him a look that made words superfluous.
Lillian 看了他一眼，這已表明一切無須多言了。

323   crack up（to become ill, either physically or mentally, because of pressure）
垮掉；崩潰（因壓力造成身體或精神）

You'll **crack up** if you carry on working like this.
你再這樣幹下去，身體會垮掉的。

324   a matter of record
有案可稽之事件

What happened is **a matter of record**.
發生的事都有記錄可查。

325   fed up with
厭煩：忍耐夠了

I'm **fed up with** your grumbling.
我聽夠了你的怨言。

比較   We didn't hear any grumbling about the food.
我們沒聽到過對食物的任何抱怨。

Beauty is only skin-deep.
貌美不如心靈美。

326 **refer to**
言及／參考／提及

1 He often **referred to** me in his speech.
他在談話中常常提到我。

2 Writers often **refer to** a dictionary.
作家時常參考字典。

3 Don't **refer to** the matter again.
不要再提這件事了。

327 **capable of**
有能力的

1 That car is **capable of** carrying five people.
那輛車可以載五個人。

2 I'm perfectly **capable of** doing it myself, thank you.
謝謝，我完全有能力自己做這項工作。

incapable of
無能力的

An idiot is **incapable of** learning.
白癡無能力學習。

328 **jealous of**
妒羨；嫉妒

Don't be so **jealous of** what your friends have.
不要這樣羨慕你朋友所擁有的。

比較 1 What is the reason for his jealousy?
他妒忌的理由是什麼？

2 They are very jealous of their good reputation
（=they do not want to lose it）.
他們極為珍惜自己的聲譽。

329 **suspicious of**
懷疑

He didn't trust me. He was **suspicious of** my intentions.
他不信任我，他對我的意圖有所懷疑。

比較 1 He's under suspicion of fraud.
他涉嫌詐欺。

2 I had a suspicion that he was lying.
我覺得他在說謊。

3 She's skeptical about that hypothesis.
她對那項假設感到懷疑。

330 **in season**（in the best time for eating）
正當令的；盛產期的

1 When are pears **in season**?
梨子何時盛產？

2 Oysters are not **in season** yet.
牡蠣的盛產期還未到來。

in season（at the busiest time of the year）
（旅遊等）正值旺季的

Hotel rooms are more expensive **in season**.
旅遊旺季時，旅店房價較高。

比較 Some local shops have been fleecing tourists.
有些當地商店一直在敲旅遊者的竹槓。

out of season
不當令的／（旅遊等）正值淡季的

1 Watermelons are **out of season** in winter.
冬天西瓜是不當令的。

2 Those hotels are almost empty **out of season**.
在淡季時那些旅館幾乎空無一人。

331 **on call**（available when summoned）
隨時待命

Firefighters should always be **on call**.
消防員應該隨時待命。

332 **on a diet**
節食

I have put on a lot of weight. I'll have to go **on a diet**.
我體重增重了不少，我必須節食。

比較 1 She got so fat that she had to diet.
她太胖了，必須節食。

2 My doctor is dieting me severely.
我的醫生嚴格規定我的飲食。

3 Paradoxically, the less she ate, the fatter she got.
很矛盾的是，她吃得越少，就變得越胖。

4 He has a gigantic appetite and eats gigantic meals.
他有很大的食量，能吃很多的食物。

333 **in jest**
玩笑地

Many a true word is spoken **in jest**.
戲言中常含有真理。

比較 1 This is no jesting matter.
這實在不是鬧著玩兒的。

2 He is free with his tongue.
他隨口亂講（口不擇言）。

334 **on television, on the radio**
在電視上，在廣播中

I didn't watch the news **on television**, but I heard it **on the radio**.
我不是在電視上看到而是在收音機裡聽到此消息。

335 **on the whole**（in general）
整體而言；就大體而論

1 Sometimes I have problems at work , but **on the whole** I enjoy my job.
有時候在工作中是會有些問題，但就整體而言我喜歡我的工作。

2 People **in general** dislike hard work.
一般人都討厭辛苦的工作。

336 **at will**（as one wishes）
隨意地；隨心所欲地

1 The soldiers fired **at will**.
那些士兵隨意地射擊。

2 You may come and go **at will**.
你可隨意來去。

比較 1 Where there's a will there's a way.
有志者事竟成。

2 Will can conquer habit.
意志力可以克服習慣。

3 He did it of his own will.
他出於自願而做這事。

337 **curl up**（move in circles；lie in a curved position）
盤繞／蜷伏

1 The smoke **curled up** into rings.
煙繞成環。

2 The child **curled up** on the sofa.
小孩蜷伏於沙發上。

338 **call a halt**（order a stop）
令停止

The officer **call a halt**.
軍官呼令立定。

339 **from bad to worse**
越來越糟;每況愈下

> Their economic situation is going **from bad to worse**.
> 他們的經濟狀況越來越糟。

340 **right and left**
無拘束地／到處;處處

> 1 She spent her money **right and left** until she didn't have a penny left.
> 她花錢毫無節制,直到一文不剩。

> 2 He owes money **right and left**.
> 他到處欠債。

> 比較 He is up to his neck in debt.
> 他債務累累。

341 **with a free hand**
大方地;慷慨地

> He always entertains visitors **with a free hand**.
> 他招待客人一向很大方。
> **參考 569

342 **think for**
預料;認為

> It will be better than you **think for**.
> 那將比你所預期的為佳。

think of
記起;預料

> 1 I can't **think of** his name.
> 我記不起他的名字。

> 2 When one **thinks of** what the future will bring, one is both worried and hopeful.
> 當一個人預料將來可能發生的事情時,他將憂喜參半。

think about
憶起

> She was **thinking about** the time she spent in the U.S.
> 她回想起在美國度過的時光。

think over
考慮

> We'll **think over** your offer and give you our answer in the afternoon.
> 你的提議我們會考慮,下午答覆你。

343 **bite off more than one can chew**
輕諾;去做自己做不了的事

> In trying to build a house by themselves, they had **bitten off more than they could chew**.
> 他們曾企圖獨力建房是自不量力。

344 walk on eggshells
小心翼翼（對待）；如履薄冰

Living with my grandfather was like **walking on eggshells**.
和我爺爺一起生活（不容易），要小心翼翼的侍候。

345 over the hump
度過難關

Starting this project was hard, but I think we're **over the hump** now.
啓動這方案不容易，不過我想現在我們已度過難關。

比較 Some camels have two humps on their backs.
有些駱駝背上有雙峰。

346 of mark（famous；important）
著名的；重要的

The gentleman sitting behind her is a man **of mark**.
坐在她後方的先生是個名人。

比較 He is a man of property.
他是個富人。

347 mark down
減價

All the store's summer suits will be **marked down** fifty per cent.
店內所有的夏天套裝售價一律五折。

mark up
提高價格

They buy antiques at auctions, **mark** them **up** and then sell them again.
他們在拍賣場購買古董，加價後再行出售。

348 to the eye
表面上看起來

These problems are **to the eye** rather complex.
這些問題在表面上看起來相當複雜。

比較 1 Stealing is a crime in the eye of the law.
就法律觀點而言，偷竊即犯罪。

2 She signed the paper with her eyes open.
她明知簽字的後果，但她還是在文件上簽了名。

349 shut one's eyes to
不理；不管

We can no longer **shut our eyes to** the gravity of the situation.
我們對情勢的嚴重性不能再視若無睹。

350 put in shape
使康復；使健康

> A few months in the country will **put** him **in** good physical **shape** again.
> 在鄉下住上幾個月就可使他的身體再度恢復健康。

351 for the better
轉好

> His health changed **for the better**.
> 他的健康轉好了。

> 比較 **1** Respect your betters.
> 尊敬你的長輩。

> **2** She is no better than she should be.
> 她行為不檢點。
> **參考 154

352 fret away
損耗；損傷

> Sorrow **frets away** our courage.
> 哀傷挫損我們的勇氣。

> 比較 **1** Time blunts the edge of sorrow.
> 時間會沖淡悲傷。

> **2** If you try to cut wood with a razor, you will blunt the edge.
> 你如用剃刀削木，你將使刀鋒為之變鈍。

353 come to light（become known）
敗露；顯露

> His crime **came to light** at last.
> 他的罪行終敗露出來。

354 drag on
持續；繼續拖延

> The speech **dragged on** through the afternoon.
> 這場演講拖了一整個下午。

355 drive a bargain
講價

> I hope you will **drive a** good **bargain** with him.
> 我希望你和他講妥一筆合算的買賣。

> 比較 This bad weather is more than I bargained for.
> 這種壞天氣不是我所意料的。

356 **be obliged to**（have to；must）
不得不；必須

1 She **was obliged to** go back to work in order to help meet the family expenses.
爲了應付家庭開銷，她不得不回去上班。

2 Parents **are obliged** by law **to** send their children to school.
法律規定父母必須送子女入學。

be obliged to somebody
感激某人

We **are** very much **obliged to you** for your help.
你的幫助我們實在萬分感激。

357 **lay off**
解雇／休息

1 The business depression has forced many factories to **lay off** workers.
商業不景氣迫使好多工廠把工人解雇。

2 The doctor told her to **lay off** for a week.
醫生告訴她須休息一個禮拜。

358 **in token of**
表示

He raised his cap **in token of** respect.
他舉帽表示敬意。

比較 1 Black is a token of mourning.
黑色是居喪的表徵。

2 She had never seen such poverty before, and by the same token could not quite believe it .
她從來沒有看到過如此的窮困，而且她也不太能相信竟有如此的貧窮存在。

359 **by twos and threes**
三三兩兩的

The guests departed **by twos and threes**.
客人三三兩兩的離開。

360 **out of love**
由於愛；出於愛

She did so **out of love**.
她這樣做是出於愛。
**參考 218

361 **thousands of**（a large number or amount）
成千上萬；無數

There are **thousands of** apples in our garden.
我們的花園裡有無數的蘋果。

362 **and what not**
等等；諸如此類

It's full of old toys, books **and what not**.
這裡全都是舊玩具、書籍，以及諸如此類的東西。

363 **what with...and what with**
半因……半因

What with overwork, **and what with** under nourishment, he fell ill.
半因工作過度，半因營養不良，他害病了。

364 **A is to B what C is to D**
A 之於 B 像 C 之於 D

1 Reading **is to** the mind **what** food **is to** the body.
閱讀之於精神就像食糧之於身體。

2 Water **is to** fishes **what** air **is to** men.
水之於魚就像空氣之於人。

365 **pass the buck**
推卸責任；推諉

If you break a window, do not **pass the buck**, admit that you did it.
假若是你打破玻璃，就承認是你打破的，不可推卸責任。
**參考 484

366 **leave out**（omit or exclude）
省略；忽視

1 When you copy this report, **leave out** the last paragraph.
你抄寫這報告可以把最後一段省略。

2 **Leave** me **out** of your arguments.
你們爭吵不要把我扯進去。

比較 1 You can omit the last chapter of the book.
你可以刪去這本書的最後一章。

2 There are several omissions in his report.
在他的報告中有幾個遺漏的地方。

367 **a drop in the bucket**
九牛一毛；滄海一粟

The amount being spent on basic research is **a drop in the bucket**.
花費在基本研究上的錢微不足道。

比較 1 They used to drink tea by the bucket（in large quantities）.
他們過去喝很多茶。

2 As soon as he kicked the bucket, he became famous.
他死掉之後就出名了。
*注意 bucket 用法

368 as good as（almost；practically）
幾乎等於；像……一樣

1 He is **as good as** dead .=He is almost dead.
他幾乎死了。

2 My car is **as good as** new, even though I've had it a year.
我的汽車雖然用了一年，幾乎還是新的。

3 A miss is **as good as** a mile.
失之毫釐差之千里；五十步笑百步（失敗總歸就是失敗）。
**參考 566

369 by gift
贈送地

The property came to me **by** free **gift**.
這財產是別人毫無代價地贈送給我的。

比較 1 He is gifted with a good memory.
他秉有良好的記憶力。

2 Janet is an extremely gifted musician.
Janet 是個非常有天分的音樂家。

370 Achilles' heel（the major weakness）
主要的弱點

1 John cannot stand pressure and that is his **Achilles' heel**.
John 無法承受壓力而那就是他的主要弱點（致命處）。

2 Spelling is my **Achilles' heel**.
拼字是我的弱點。

比較 1 Achilles was invulnerable except for heel.
Achilles 除腳後跟之外，刀槍不入。

2 He worked like hell for his exams.
他為了考試而拼命複習。

3 She's hell on her servants.
他對傭人很苛刻。
*注意 heel；hell 發音不同
**參考 416；627

371   **in the cards**（on the cards；likely to happen）
可能的

     1   It's **in the cards** that I may go to India this year.
       今年我可能會去印度。

     2   Rain is **on the cards**.
       有可能下雨。

put one's cards on the table
明白表示意向

     We would probably make some progress if we **put our cards on the table**.
     我們如能開誠布公也許會有些進展。

372   **not that...but that**（not because…but because）
不是因為……而是因為

     I don't want any more, **not that** I don't like it, **but that** I am just full and cannot eat anything more.
     我不想再吃不是我不喜歡吃，而是因為我實在太飽再也吃不下任何東西。

373   **kith and kin**（friends and relatives）
親戚朋友

     All the man's **kith and kin** came to his wedding.
     所有新郎的親朋好友都前來參加他的婚禮。

next of kin（a person or persons most closely related）
最近親；至親

     His **next of kin** was informed of his death.
     他的至親獲知他的死訊。

    比較   They received evil news.
     他們接獲噩耗。

374   **cut both ways**
有好處也有壞處

     This decision will inevitably **cut both ways**.
     這個決定將無可避免地呈現好壞兩種結果。

375   **nine times out of ten**
十之八九

     Nine times out of ten if parents fuss too much they simply alienate their children.
     父母若過度為子女瞎操心，十之八九在使自己跟子女疏遠。

    比較 1   I find her attention to children rather excessive.
     我發現她對子女過度關心。

     2   She alienated herself from her old friends.
     她和她的老朋友疏遠了。

     3   Parents often feel alienated from their children.
     父母常覺得跟自己的子女不親。
     **參考 453 make a fuss of

376 hold good
有效

> For how long will your offer **hold good**?
> 你的提議有效多久？

377 soft soap
奉承；拍馬

> 1 The letter was full of **soft soap**.
>   這封信全是阿諛之詞。
>
> 2 He is a master of the **soft soap**.
>   他是個馬屁大王。

378 word in season
合時宜的話

> A **word in season** makes everybody happy.
> 一句合宜的話使得大家開開心心。

379 not mince one's words（not mince matters）
直說；坦白地說

> 1 He did not mince his words and accused her of telling a lie.
>   他直截了當地指控她說謊。
>
> 2 The doctors didn't mince their words, and predicted the worst.
>   醫生們坦率直言，作出最壞的預測。

380 beyond question（without any doubt）
無庸置疑地

> **Beyond question**, it was the coldest day of the winter.
> 毫無疑問地，這是入冬以來最冷的一天。
>
> 比較 1 The book is beyond me.
>   這本書太深了，我看不懂。
>
> 2 I read a jejune novel last week.
>   我上周讀了一本乏味的小說。
>   *注意 jejune 發音
>
> 3 He asks a price beyond what I can pay.
>   他所要的價錢是我付不出的。
>
> 4 What happens on Mars is beyond our ken.
>   火星上發生的事情我們無法知道。

381 **one at a time**
每次一個

> Deal with each question separately, **one at a time**.
> 將問題一個一個分開處理（不要混在一起處理）。

at one time
曾經／同時

> 1 **At one time** we were all students.
> 我們都曾身為學生。

> 2 They all tried to talk **at one time**.
> 他們都同時開口講話。
> **參考 657

382 **ins and outs**
細節

> 1 I must know the **ins and outs** of the matter before I can decide what to do.
> 在決定做什麼之前，我必須瞭解事情的原委（細節）。

> 2 The driver knew the **ins and outs** of the road better than any of us.
> 這司機比我們當中任何一個人都清楚這條路的點點滴滴。

> 3 He quickly learned the **ins and outs** of the job.
> 他很快就掌握了工作的全部訣竅。

383 **out of the frying pan into the fire**
跳出油鍋又入火坑—逃脫小難又遭大難；（越來越倒楣）

> Tim left one job because of the low pay, but in his new one he has to work with unpleasant people--**out of the frying pan into the fire** !
> 由於工資低，Tim 辭掉原工作後，又得跟討厭的人一起共事——倒楣透頂！

> 比較 1 Misfortunes never come singly.
> 禍不單行。

> 2 The poor man has reached the lowest pitch of bad fortune.
> 這可憐的人已倒楣到極點。

Look before you leap.
三思而後行。

384 make hay of
弄得一團糟；使無效／勿失良機（曬草要趁太陽好）

1 The rain **made hay of** our plans to go walking in the hills.
下雨把我們上山走走的計劃泡湯。

2 The destruction of the manuscript **made hay of** two years of painstaking labor.
那手稿的毀壞使兩年的心血化為烏有。
*注意 painstaking 發音

比較 Make hay while the sun shines. The market is good now, don't miss the chance.
目前市況佳，要好好把握，勿失良機。

385 put two and two together（come to an obvious conclusion）
作合理推論

1 I saw his car in the garage and a light at his window, so I **put two and two together** and guessed that he was still at home.
我看到他的車停在車庫，窗邊的燈亮著，可以合理的推斷出他仍待在家中。

2 She had sharp enough wits to **put two and two together**.
她有夠銳利的機智作合理推論。

386 not have a leg to stand on
站不住腳－理屈詞窮

Without evidence, we **don't have a leg to stand on**.
沒有證據，我們就站不住腳。

387 let bygones be bygones
過去的事讓它過去

Although her husband had treated her badly, she decided to **let bygones be bygones** and stay with him for the sake of their young daughter.
雖然丈夫對她不好，她決定既往不咎，為了幼女跟他一起生活。

388 drag one's feet
拖延

Tom **drags his feet** every time he has to write a book report. He puts off reading the book until the very last minute.
Tom 每次都把讀書報告延宕不做，總是拖到最後一刻才著手進行。

比較 It was a long drag up the hill.
上山是一段長而吃力的路程。

389 **imbued with**（fill the mind of）
沈浸於；灌輸

1 Her voice was **imbued with** an unusual seriousness.
她的聲音裡充滿一種不尋常的嚴肅語氣。

2 The maestro **imbued with** him new ideas.
那位音樂大師給他灌輸了新的觀念。

390 **give the cold shoulder**
冷淡的態度待人

He **gives the cold shoulder** to his friends because he has now grown rich.
現在他變得富有，對待朋友態度轉趨冷淡。

391 **in depth**（thoroughly）
深入地；徹底地

Make a survey **in depth** of the conditions.
徹底地調查一下情況。

比較 1 He is deep in reading.
他正專心讀書。

2 He went on studying deep into the night.
他繼續讀書至深夜。

3 Her wrinkles deepen with age.
她的皺紋隨年齡變深。

4 This boat has a shallow draught.
這船吃水淺。
*注意 draught 發音

5 He was breathing, quickly and shallowly.
他呼吸的既快且急。

392 **rest on one's oars**
休息；暫停工作

A high school student who wants to go to college cannot **rest on his oars**.
要上大學念書的高中學生必須不停地用功。

Necessity is the mother of invention.
需要是發明之母。

393 **rest with**
全在於

> It **rests with** you to decide.
> 這全要由你定奪。

come to rest（stop moving）
停止；停住

> **1** The car **came to rest** right at my feet.
> 那車就停在我的跟前。

> **2** His eyes **came to rest** on Mary's face.
> 他的目光停留在 Mary 的臉上。

> 比較 **1** Stop gazing round.
> 不要左顧右盼。

> **2** The little girl stared at the toys in the window.
> 這小女孩注視窗口的玩具。

394 **on the level**
誠實的；直率的

> **1** Is he **on the level**?
> 他誠實嗎？

> **2** he always acts **on the level**.
> 他總是表現得很誠實。

> 比較 **1** The water rose until it was on a level with the banks of the river.
> 河水漲到與河岸相平的高度。

> **2** The student has not reached an advanced level yet.
> 該生尚未達到高級班的程度。

395 **be next door to**（nearly）
幾乎；簡直

> **1** He **is next door to** a madman.
> 他簡直是一個瘋子。

> **2** Cheating **is** an act **next door to** crime.
> 欺騙是近乎犯罪的行為。

> **3** The two boys **nearly** resemble each other.
> 這兩個男孩極相像。

396　fetch away（get loose）
（物品）散離

> When the ship rolls, every thing **fetches away**.
> 當船顛簸時，樣樣東西都失散了（散開了）。

比較 **1**　Please fetch me the dictionary.
　　　　請去把字典給我拿來。

　　 2　Will you fetch the children from school?
　　　　你去學校把孩子們接回來好嗎？

397　stick to one's guns
堅守立場

> There was enormous pressure on them to submit but they **stuck to their guns**.
> 巨大的壓力逼著他們屈服但是他們卻堅守立場不爲所動。

398　in leaf
生滿葉的；綠葉滿枝的

> The trees will soon be **in leaf**.
> 樹木不久就要綠葉滿枝了。

399　cheek by jowl（very close to somebody or something）
緊靠著；並肩；極爲接近的

　　 1　Rich and poor were sitting **cheek by jowl** in the audience.
　　　　富人與窮人在觀眾中並肩而坐。

　　 2　My house stands **cheek by jowl** with a drugstore.
　　　　我的家緊靠著一家雜貨店。

400　lead astray
引入歧途

> The boy was **led astray** by evil companions.
> 這男孩被不良的友伴引入歧途。

比較 **1**　Our dog has strayed off somewhere.
　　　　我們的狗不知走到那兒去了。

　　 2　Be careful not to stray from the point.
　　　　小心不要偏離主題。

　　 3　We locked up our valuables so they would not go astray.
　　　　我們把貴重物品鎖了起來以免被盜。

401 **in all**
合計

> There were twenty **in all**.
> 總加起來二十個。

all in all（on the whole）
完全的／一般說來

> 1 Trust me not at all, or **all in all**.
>   要不根本不要相信我，否則就完全相信我。
>
> 2 **All in all**, her condition is greatly improved.
>   大體而言，她的健康情況大有起色。

all in（physically tired；exhausted）
疲憊

> At the end of the race he felt **all in**.
> 他在賽跑結束時感到筋疲力盡。

> 比較 1 All but him were saved.
>   除他之外，都得救了。
>
> 2 All but two were wounded.
>   除二人外，全都受傷了。
>
> 3 The party was all but over when we arrived.
>   我們到的時候，聚會幾乎都快要結束了。

402 **all at sea**（confused and not knowing what to do）
不知所措；迷惑不解

> He is **all at sea** as to what to do next.
> 接下來做什麼他茫然不知。

> 比較 1 He was completely at sea as to how to answer the question.
>   他完全不知道去如何回答那個問題.
>
> 2 For many years they had lived beyond the seas.
>   他們曾在海外旅居多年。

403 **draw back**
拉起／退後／不守諾言

> 1 He **drew back** the curtain; it was day.
>   他拉起窗簾；是白天了。
>
> 2 He **drew back** slowly, retreating step by step.
>   他一步一步慢慢地後退。
>
> 3 He had promised to help me but at the last moment **drew back**.
>   他曾答應幫助我，但到最後他打了退堂鼓。

404　ask for it
自找麻煩；自討苦吃

I won't listen to your complaints. You **asked for it**.
我不要聽你訴苦，那是你自討苦吃的結果。

405　with one consent
一致同意；無異議

They agreed **with one consent**.
他們無異議一致同意。

比較 1　He was chosen leader by general consent.
他們一致同意選他爲領導人。

2　Silence gives consent.
沈默即認可。

3　He smiled acquiescence.
他微笑表示默許。

406　on the job
盡職的；盡責的

The police were **on the job** and caught them red-handed.
員警很盡職將他們人贓俱獲（當場捕獲）。

比較 1　The thief was caught in the very act of stealing.
這賊正在偷東西的時候當場被捕。
注意 very 用法

2　The very beggars despise him.
就連乞丐都瞧不起他。

3　He has shown himself a very knave.
他表現出自己是一個真正的惡漢。

4　We should do our best to eradicate crime.
我們應竭力去根除犯罪。

5　He is a knockabout kind of hobo.
他是個東飄西蕩的遊民。

407 scrape through
勉強通過

He barely **scraped through** on the test.
他勉強考試及格。

比較 We've sold our old car for scrap.
我們把舊車當廢鐵賣掉。

408 straight out（in an honest and direct way）
率直地；坦白地

She asked **straight out** if I loved her.
她坦率地問我是不是愛她。

409 against time
搶時間完成

The rescuers dug frantically **against time** to reach the buried miners.
營救人員瘋狂似地搶時間挖掘以期趕快挖掘到那些埋在地下的礦工。

410 in chorus（all together）
一起地

They sing **in chorus**.
他們齊聲合唱。

411 tit for tat（blow in return for blow）
以牙還牙；一報還一報

The little girl tore her sister's book, and **tit for tat** she hid her doll.
那小女孩把她姐姐的書撕破，姐姐則以牙還牙把妹妹的洋娃娃藏起來。

412 on the wane（in the wane；waning）
虧缺／衰微

1 The moon is **on the wane**.
月亮漸虧。

2 His strength is **on the wane**.
他的體力漸衰。

比較 1 Summer wanes as autumn approaches.
秋天來臨時，夏季即逝。

2 The moon waxes and wanes every month.
月亮每個月都有盈虧。

413 **at the mercy of**（completely in the power of）
任……的擺布；在……之掌握中

1 The yacht was **at the mercy of** the wind and rain.
那艘遊艇任由風雨擺布。

2 Many wives are **at the mercy of** their husbands.
許多妻子均聽命於丈夫。

比較 1 He was an extremely macho man.
他是一位非常大男人主義的人。

2 He lets his wife lead him by the nose.
他對太太唯命是從。

3 His wife has continued to support him through all his vicissitudes.
他的妻子繼續支持他度過沈浮不定的人生。

4 Death from the disease are mercifully rare.
這種疾病很少造成死亡，算是不幸中之大幸。

5 He was treated mercifully.
他受到了寬大對待。

414 **set free**
釋放

Do as I tell you and you shall be **set free**.
照我所吩咐的做，你就可被釋放。

415 **for nothing**
免費／無酬勞／無緣無故；無理由

1 They sent me a book **for nothing**.
他們免費贈送我一本書。

2 He worked **for nothing.**
他工作沒有報酬。

3 They quarrelled **for nothing**.
他們無緣無故地爭吵。

416 **on the heels of**
緊接而來

> **On the heels of** unemployment problem came a slump.
> 繼失業問題後，不景氣接踵而來。

比較　He fell head over heels in love with Helen.
他完全拜倒在 Helen 的石榴裙下。
** 參考 370

417 **fend for oneself**（to take care of yourself without help from anyone else）
自謀生計

1　He has had to **fend for himself** since he was seventeen.
從 17 歲起，他就自謀生計。

2　Most baby fishes have to **fend for themselves**.
大部分的魚苗均須自行覓食。

比較 1　Although he is young he is the chief stay of his family.
雖然他很年輕，他已負起主要養家的責任。

2　I've always paid the bill and been the breadwinner.
掙錢養家的人一直是我，帳單都全由我繳付。

3　He has family responsibility.
他有家庭負擔。

4　They had to shift for themselves.
他們必須自謀生計。

418 **under cover of**
在……掩蔽之下

> The enemy attacked them **under cover of** darkness.
> 敵人乘黑夜襲擊他們。

比較　It's raining hard; we must get under cover quick.
雨下得很大；我們必須趕快找個避雨的地方。

419 **in due course**
在適當的時候；不久以後

Sow the seed now and **in due course** you will have a fine show of flowers.
現在播種，在適當的季節裡你就會有美麗的花。

420 **be carry away**
感動／沖昏了頭／沖去；沖掉

1 He **was carried away** by the music.
他深爲音樂所感動。

2 He **was carried away** by his enthusiasm.
他的狂熱沖昏了他的頭（過於熱心而不辨是非）。

3 The bridge **was carried away** by the flood.
橋被洪水沖走。

比較 1 They seem to have become intoxicated by their success.
他們似乎被成功沖昏了頭。

2 Alcohol intoxicates people.
酒能醉人。

421 **out of the ordinary**（unusual）
罕有的；特殊的

1 The boy's knowledge was **out of the ordinary**.
這男孩懂得的東西十分特殊。

2 I've noticed nothing **out of the ordinary**.
我未察覺到有任何異樣。

422 **carry through**（help to get through；accomplish）
幫助度過難關；使保持勇氣

His courage will **carry** him **through**.
他的勇氣會幫他度過難關。

423 **break even**
不賺也不賠

Since I sold the house for exactly what I paid for it, I **broke even** on the deal.
因爲我正好照買價賣掉了那房子，所以我這買賣既不賺也不賠。

424 **after dark**
日落後

He came home **after dark**.
他天黑才回家。

425 **after one's own heart**
與自己志同道合；與自己志趣相投

With his love for the great outdoors, he is a man **after my own heart**.
他喜愛大自然之景色，與我志趣相投。

426 **run afoul of**（come into conflict with）
和……相撞／與……起衝突（觸犯；違反）

    1 One ship **ran afoul of** the other ship.
一艘船和另一艘船撞上了。

    2 If you **run afoul of** the law, you will be punished.
若你觸犯法律，將遭懲處。

    3 Don't **run afoul of** the regulations.
不可違反規定。

比較 **1** Murder is a foul crime.
謀殺是邪惡之罪。

    2 The fire will not burn because the chimney is foul.
煙囪塞住了，火生不著。

    3 A chimney vomits forth smoke.
煙囪冒煙。

    4 Cars foul the air in our cities.
汽車使我們城市的空氣汙濁。

*注意 afoul；foul 用法及詞性

427 **time without number**（very many times）
無數次

I've seen him dashing to catch that train **time without number**.
我好多次瞧見他匆匆忙忙趕赴那班火車。

**參考 289

428 **have the say**
有決定權；居於領導地位

Who **has the say** in the matter?
關於這事誰有決定權？

to say nothing of
更不待言

He knows no English, **to say nothing of** French or German.
他不懂英語，更不必說會講法語或德語了。

What do you say to...（How about…？）
尊意如何？要不要……？

    1 **What do you say to** going for a walk?
要不要去散散步？

    2 **How about** a cup of coffee?
來杯咖啡如何？

429 key up
激勵／鼓起勇氣

1 The coach **keyed up** the team for the big game.
教練為那場重大比賽給球隊加油打氣。

2 I **keyed** myself **up** to ask for a higher salary.
我鼓起勇氣要求加薪。

比較 1 The key to success is preparation.
成功的關鍵是準備。

2 She played a key role in the dispute.
她在爭論中起著舉足輕重的作用。

3 Perseverance is the key to success.
堅忍是成功的祕訣。

4 The classes are keyed to the needs of advanced students.
這些課是針對高年級學生的需要開設的。

5 Gibraltar has been called the key to the Mediterranean Sea.
直布羅陀一向被稱為地中海的門戶。

6 I will not rest until the murderer is under lock and key.
殺人兇手一天不抓獲，我就一天不休息。

7 We bought the whole amusement park from him, lock, stock and barrel.
我們將遊樂園從他手裡全部買斷。

Hope springs eternal.
人生永遠充滿希望。

430 adept at（very skillful）
精於；擅長

She's quite **adept at** skating.
她十分擅長滑冰。

比較 He's an adept mechanic.
他是一名熟練的技工。

adapt oneself to（change in order to fit）
使自己適應（環境）

1 She was quick to **adapt herself to** the new life style.
她很快就適應了新的生活方式。

2 I have **adapted myself to** the hot climate.
我適應了炎熱的氣候。

比較 1 We would like to adopt your idea.
我們想採納你的意見。

2 She decided to adopt the orphan.
她決定收養那名孤兒。

3 Daniel is their adopted son.
Daniel 是他們的養子。

4 She nurtured the boy as if he had been her own.
她把那男孩當作自己的來養育。
*注意 adept；adapt；adopt 發音、詞性及用法

431 break the ice
打開僵局

His joke finally **broke the ice** at the meeting.
他的笑話終於打破了會議上的僵局（氣氛）。

432 leave much to be desired（to be bad or unacceptable）
缺點不少

Your behavior **leaves much to be desired**.
你的行為（欠佳）有待改進。

比較 His behavior was repulsive to me.
他的行為令我厭惡。

The grass is always greener on the other side of the fence.
這山望著那山高。

433 **get the better of**
超過；勝於

If you work hard, you will **get the better of** your classmates.
如果努力用功，你會勝過班上同學。

比較 **1** She beat her brain, but could not keep up with the rest of her class.
她盡了力用功讀書還是趕不上班上同學。

2 She was always well ahead of the rest of the class.
她總是遙遙領先班上的同學。

**參考 142；594

434 **fight against**
抵抗；與……作戰

1 She has many temptations to **fight against**.
她必須抵擋許多誘惑。

2 England **fought against** Germany in the war of 1914-1918.
在一九一四年至一九一八年的戰爭中，英國與德國交戰。

435 **preoccupy with**
全神貫注於…

At the moment, he is totally **preoccupied with** his exam.
他目前正全神貫注在考試上。

比較 **1** Fear preoccupied her.
恐懼盤據著她的心。

2 Their favorite seats had been preoccupied.
他們最喜歡的位子已被別人先占了。

3 Sports occupy his attention.
運動使他聚精會神（他專心於運動）。

4 She occupied herself with routine office tasks.
她忙於辦公室的日常工作。

*注意 preoccupy；occupy 用法

436 **by hook or by crook**（by fair or unfair means）
不擇手段

John owes Nina some money, and she intends to get it back **by hook or by crook**.
John 欠 Nina 一點錢，她想採取各種手段把錢要回來。

比較 1 She caught a fish on her hook.
她釣到一條魚。

2 His brother paid all his bills and got him off the hook.
他的兄弟替他付了帳，而使他不負債。

3 She crooked her arm.
她彎起胳臂。
**參考 459

437 **call a spade a spade**（speak frankly and directly）
直言不諱；是啥說啥

If you think the design is ridiculous, say so: don't be afraid to **call a spade a spade**.
如果你認為這設計荒謬，就直言：是啥說啥，不必害怕。

438 **in the offing**（happening soon）
即將發生

Their wedding is **in the offing**.
他們的婚禮即將舉行。

435 **rest assured**（be sure, certain）
放心

You may **rest assured** that we shall do everything we can to help.
你大可放心大小事情我們都會盡力幫忙。

比較 Take what you want and throw the rest away.
將你所要的拿去，把剩下的丟掉

440 **be too much**（for）（more than one can bear）
太過分；令人無法忍受

The noise **was too much for** me.
這噪音令我無法忍受。

441 **hold water**
有理由；站得住腳

None of his arguments seemed to me to **hold water**.
他的論據我覺得沒有一項能站得住腳。

442   bail out
退出／跳傘

1   His partner **bailed out** before the business got on its feet.
業務上軌道之前，他的合夥人就已退出。

2   The pilot **bailed out** before the plane exploded.
飛機爆炸前駕駛員便跳傘了。

比較 1   The plane flew at an altitude of 34,000 feet .
那架飛機在 34,000 英尺高度飛行。

2   His attitude made me angry.
他的態度令我火冒三丈（氣憤不已）。
*注意 altitude：attitude 發音

443   fix up
安排／修理／打扮整齊

1   I think we can **fix** you **up** for the night.
我想我們能夠給你安排今晚的住處。

2   We have our house **fixed up**.
我們的房子修好了。

3   Wait until I get **fixed up**.
請等我打扮齊整。

444   at full speed
全速地／盡全力

1   The ship was going **at full speed**.
那艘船全速航行。

2   He worked **at full speed**.
他不眠不休工作。

445   at one's convenience
在方便的時候

You may pay me **at your convenience**.
你可在方便時付款給我。

make a convenience
任意利用（某人）

He is simply **making a convenience** of me.
他不過是利用我罷了。

比較   He made me a cat's paw.
他利用了我。

446   feather one's nest
營私中飽（貪汙）

Some tax collectors **feather their own nests** while they have opportunity.
有些稅務員有機會即行營私中飽。
**參考 450；452

447 **in demand**（wanted or needed）
有需要的

> Air conditioners are **in** great **demand** during hot summer.
> 在炎熱的夏天，空調的需求極大。

on demand（when it is asked）
一經要求即

> Do you feed the baby every four hours or **on demand**?
> 你每四小時餵嬰兒一次，還是她一哭就餵她？

比較 1 Flying makes enormous demands on pilots .
駕駛飛機對飛行員要求很高。

2 This sport demands both speed and strength.
這項運動既需要速度也需要體力。

3 The work is physically demanding.
這工作需要有很好的體力。

448 **dispose of**（settle；get rid of）
處理；支配／吃、喝

1 The business has been **disposed of** successfully.
事務處理甚為成功。

2 **Dispose of** those apples before they rot.
趁那些蘋果爛掉前把它們處理掉。

3 The picnic lunch was soon **disposed of**.
野餐一下子就吃完了。
**參考 48

449 **of a kind**（of a not very good kind）
品質極低劣的

> We had coffee **of a kind**.
> 我們喝的咖啡極為低劣。

a kind of（in a way not very clear）
某一種不確定的／算是

1 I had **a kind of** feeling that she would phone me.
我有種感覺她會打電話給我。

2 He is **a kind of** gentleman.
他還算是位紳士。

450 **birds of a feather**
一類的人；一丘之貉

> **Birds of a feather** flock together.
> 物以類聚。

比較 Fine feathers make fine birds.
人靠衣裝；馬靠鞍裝。

451 **show the white feather**
表示膽怯；示弱

> Any soldier who shows the white feather in battle will be punished.
> 臨陣怯弱的士兵將受懲處。

452 **feather in one's cap** (something which will bring one honor)
榮譽

1 Winning the scholarship was a **feather in his cap**.
榮獲這項獎學金是種榮譽。

2 It's a **feather in John's cap** to be chosen captain of the football team.
John 被選為足球隊長是一項榮譽。

比較 1 His son was feathering up to Sally.
他的兒子正在追求 Sally。

2 His clients were of the same feather.
他的顧客都屬同一類型的人。

3 Look at the feathery flakes of snow！
瞧那如羽毛般的雪片！

Still waters run deep.
靜水流深。

453 **make a fuss**
大驚小怪；小題大做

1 She **made a fuss** when I was five minutes late.
我遲到五分鐘她就大驚小怪。

2 I don't know why everybody **makes** such **a fuss** about a few mosquitoes.
我搞不懂為什麼大家為了幾隻蚊子而如此大驚小怪。

make a fuss of
體貼備至

1 My mother **makes a fuss of** me every time I come home.
每一次回到家，我媽對我就照顧得無微不至。

2 We **made a** great **fuss of** the baby.
我們對嬰孩呵護備至。

比較 1 Don't fuss over the children so much.
不要過於為孩子們擔心。

2 A sick person is likely to be fussy about his food.
一個病人容易挑剔他的食物。

3 Our French teacher is very fussy about punctuation.
我們的法語老師對標點十分挑剔。

4 He's a very finicky eater.
他是個吃東西非常挑剔的人。

5 She has an apathy to food.
她對吃喝沒興趣。

454 **the die is cast**（one cannot retreat or change one's plans）
已做決定，不能再改；已成定局

There is no turning back now; **the die is cast**.
如今已無更改的餘地；一切已成定局。

455 **be bound up in**（be bound up with）
專心於……／同……密切連繫／相依為命

1 She **is bound up in** her volunteer work.
她專心於自己志願的工作。

2 His life **is bound up in** his research.
他終生從事研究。

3 They **are** completely **bound up in** each other.
他們相依為命。

比較 1 The dogs bounded ahead.
那些狗在前面蹦蹦跳跳地跑。

2 It was not beyond the bounds of possibility that they would meet again one day.
他們有一天會再度相遇，這不是沒有可能。

3 I'm bound for home.
我正要回家去。

4 He bounds to fame.
他一躍成名。

5 I am bound to buy it, no matter how much it may cost.
無論價錢多少，我決心買它。
*注意 bound 用法及詞性

456 **on one's own responsibility**
主動地

We did it **on our own responsibility**.
我們主動地做那件事。

457 **kill**（somebody）**with kindness**（to be so kind to somebody that you in fact harm them）
過於熱心助人反而害人

The maiden aunts would **kill** their nephews and nieces **with kindness**.
未出嫁的姑姑、阿姨們一心一意照顧她們的子侄輩，結果反而害了他們。

比較 1 He did it all out of kindness.
他這樣做完全是出於仁慈之心。

2 He has done me many kindnesses.
他幫了我不少忙。

3 I admire him because of his kindness to everyone.
我因他對每個人都和藹親切而佩服他。

458　**off the shelf**
現貨供應

> Any of those parts can be purchased **off the shelf**.
> 那些零件的任何一件都有現貨供應。

459　**double up**
彎；屈／折疊

> **1**　He **doubled up** his legs and kicked out.
> 他彎曲腿部，然後踢出（如游泳）。
>
> **2**　He **doubled up** a sheet of paper.
> 他將紙折疊。
>
> 比較 **1**　Ken doubled up with laughter.
> Ken 笑彎了腰。
>
> **2**　I was doubled over with pain.
> 我痛得直不起身子。

460　**up to**
勝任／適於；適合

> **1**　He is not **up to** his job.
> 他無法勝任他的工作。
>
> **2**　I don't feel **up to** a long walk today.
> 今天我不適合做長距離散步。

461　**have（a thing）in contemplation**
籌劃（事物）

> He **has** a new school **in contemplation**.
> 他籌劃開辦一所新學校。

462　**on pins and needles**
焦慮不安；如坐針氈

> I was **on pins and needles** the whole day until she finally telephoned.
> 沒接到她電話前，我整天都坐立不安。

463　**cut into**
插嘴；打斷（談話）

> It is impolite of you to **cut into** the conversation in this way.
> 你這樣地在（別人）談話中插嘴是不禮貌的。
>
> 比較 **1**　Hear me out before you say anything.
> 聽我說完你再講話。
>
> **2**　I heard you talking but did not listen to what you said.
> 我聽見你講話，但沒有注意聽你說些什麼。

cut and dried
枯燥無味的；呆板的

> The speech was **cut and dried**.
> 這場演講枯燥無味。

464   divert oneself
轉向／消遣；自娛

> **1** He **diverts himself** into a new field of study.
> 他轉入新的研究領域。

> **2** He **diverts himself** with chess and billiards.
> 他用棋和撞球作消遣。

比較 I have neither friends nor books to divert me.
我既沒有朋友也沒書籍可資消遣。

465   play havoc with
大肆破壞

> **1** The bad weather **played havoc with** our vacation plans.
> 惡劣天氣使我們假期計劃泡了湯。

> **2** The wind **played havoc with** the paper on the desk.
> 風將桌上的文件吹得一團糟。

比較 Tornadoes, severe earthquakes, and plagues create widespread havoc.
龍捲風、大地震和瘟疫造成廣泛的（大片的）毀壞。
**參考 523

466   bone of contention
爭論的焦點；爭執的原因

> The terms of the old man's will were a **bone of contention** to his survivors.
> 老人遺囑裡的條款成了遺族們爭論的焦點。

比較 **1** The deceased man left no will.
這死者未留下遺囑。

> **2** He willed his money to a hospital.
> 他立遺囑把他的錢捐給一所醫院。

> **3** His inheritance was burning a hole in his pocket.
> 他所繼承的遺產正促使他濫用金錢。

467 **on the turn**
在轉動；正要轉變

The tide is **on the turn**.
潮流正要轉變。

out of turn
不合時宜

Don't speak **out of turn**.
不要說不合時宜的話。

468 **never say die**
不要悲觀；不要失望

Never say die, when you meet with failure.
失敗時，不要悲觀失望。

469 **no more than**
不過／跟……一樣不

1 He is **no more than** a puppet.
他只不過是個傀儡。

2 He is **no more** a god **than** we are.
他和我們一樣都不是神。

比較 He is no other than a thief.
他就是一個賊。

470 **shore up**
穩住（虛弱或快要失敗的事物）

The measures were aimed at **shoring up** the economy.
這些都是為穩定經濟而採取的措施。

471 **like a book**
徹底地／用辭拘謹

1 He knew the area **like a book**.
他對此地區瞭若指掌。

2 He talks **like a book**.
他說話用辭拘謹。

by the book
照章；根據常規

He always does everything **by the book**.
他一向照章行事。

比較 We couldn't get a room at the hotel; they were all booked up.
在那家旅館我們要不到房間；所有的房間都被訂光了。
**參考 676

472 **get by**
勉強過關

1 I'm not too sure of the exam, but I think I'll **get by**.
我不十分確定考試成績究竟如何，不過我認為應可過關。

2 How does she **get by** on such a small salary?
她靠這點微薄的工資怎麼過活？

473 **on end**
一連地;繼續地

> We stood for three hours **on end**.
> 我們連續站了三小時。

odds and ends
零星雜物

> The box was filled with **odds and ends**.
> 那箱子裝滿零星雜物。
> ****參考 316 & 605**

474 **in the wake of**(after;following)
隨……之後而來;追循……之後

> Famine followed **in the wake of** the drought.
> 饑荒跟著旱災而來。

比較 **1** The alarm clock awoke everyone in the house.
鬧鐘吵醒屋內的每一個人。

2 A cup of coffee kept her awake all night.
一杯咖啡使她整夜保持清醒。

3 He awakened to the sound of rain.
他在雨聲中醒來。

4 They were awakened by a loud knock on the door.
他們被一陣很響的敲門聲吵醒。

5 Please wake me early tomorrow.
明天一早請叫醒我。

6 The trawler left a huge wake behind it.
那艘拖網船在它的後面留下了巨大的航跡。
*注意下列三字詞性不同處
1.awake v. & adj.
2.awaken v.
3.wake v.& n.
**參考 318

475 **wrap up**
完結;終結／穿衣

1 They **wrapped up** the case to their own satisfaction.
他們把那案子作了他們自己感到滿意的結束。

2 He told them to **wrap up** warmly.
他叫他們穿暖和點。

476　**in lieu of**（instead of）
代替

He gave us an I.O.U. **in lieu of** cash.
他以一張欠條（借據）代替現金給我們。

477　**over head and ears**
深陷

She is **over head and ears** in love.
她深陷情網。

比較　It took her ages to get over her illness.
她花了很長時間才把病治好。

**參考 621

478　**cut to the quick**
深深地傷害（某人感情）

1　Their insults **cut** him **to the quick**.
他們的侮辱刺痛他的心。

2　The boy's pride was **cut to the quick** by the words of blame.
這孩子的自尊心為責備所刺傷。

比較　We need to make a quick decision.
我們需要當機立斷。

479　**out of the wood**
脫離困境或險境

The patient is improving and has been **out of the wood**.
病人病況漸有起色已脫離危險。

480　**with might and main**（with all one's might）
傾全力

The sailors hauled in the rope **with might and main**.
水手們使盡力氣拉著那條繩索。

What goes around comes around.
你怎麼待人，人就怎麼待你。

481　**give off**（send out）
釋放；發出

> **1** The gas **gave off** an unpleasant smell.
> 煤氣發出一種惡臭。

> **2** Cars **give off** poisonous fumes.
> 汽車排放有毒氣體。

give in（**surrender or yield**）
投降；屈服

> **1** Don't **give in** while you stand and see.
> 你一息尚存，勿屈服。

> **2** Are you willing to **give in**?
> 你願意屈服嗎？

give up（relinquish ）
放棄

> He is thinking of **giving up** teaching.
> 他考慮放棄教學。

> 比較 **1** He relinquished possession of the house to his brother.
> 他將房子讓給了他的弟弟。

> **2** I yielded to temptation and had a chocolate bar.
> 我經不住誘惑，吃了一大塊巧克力。

> **3** How much wheat does each field yield?
> 每塊田的小麥產量是多少？

> **4** You have to yield to traffic from the left .
> 你必須讓左方來車先行。

> **5** Polluted water lessens crop yields.
> 受到污染的水使農作物的產量減少。
> *注意 lessen；lesson 發音相同，詞性不同

482　**acquiesce in**
默許

> Peter **acquiesces in** our plans.
> Peter 默許了我們的計劃。
> *注意 acquiesce 發音

483 **pro and con**
正反兩面地（adv.）

> Much has been written on the subject **pro and con**.
> 對那問題已有很多贊成和反對的文章。

the pros and cons
正反兩面；支持與反對（n.）

> We weighed up **the pros and cons**.
> 我們權衡了利弊得失。

484 **own up**（admit）
爽快地承認

> 1 He **owned up** to his mistake.
> 他爽快地認錯。
>
> 2 Who did this? **Own up**.
> 是誰做了這件事？爽快地承認吧！
> **參考 365

485 **Homer sometimes nods**
智者千慮，必有一失

> **Homer sometimes nods**. There is nobody in existence who never makes any mistakes.
> 智者千慮，必有一失。從不犯錯的人是不存在的。
>
> 比較 1 Even a sage is fallible.
> 連聖哲也可能犯錯。
>
> 2 None of us is infallible.
> 我們之中沒有人是絕對不會錯的。

486 **a lump in the throat**
哽咽

> I stood there with **a lump in my throat** and tried to fight back tears.
> 我站在那裡強忍著（壓抑著）不讓淚水流出。
>
> 比較 1 I'm sorry you're not happy about it but you'll just have to lump it.
> 你不滿意我很抱歉，可你只好將就一點了。
>
> 2 It was a great reception and it brought a lump to my throat.
> 這是一個很棒的歡迎會，令我哽咽激動不已。

487 **grist to one's mill**
有利；賴以獲益之事物

> Every delay was **grist to his mill**.
> 每次耽擱對他都有利。

488 **beyond the pale**（unacceptable）
無法接受的

> **1** Peter's rude behavior at dinner last night was **beyond the pale**.
> 昨晚吃飯時，Peter 的粗魯行為令人無法容忍。

> **2** His remarks were clearly **beyond the pale**.
> 他的話顯然過分了。

489 **empty into**
流入；注入

> The Yangtze River **empties into** the Yellow Sea.
> 長江注入黃海。

> 比較 **1** Where does the Nile rise?
> 尼羅河發源於何地？

> **2** The Nile divides at its mouth and forms a delta.
> 尼羅河於河口分岔而形成三角洲。

> **3** The hall emptied as soon as the concert was over.
> 音樂會結束時，廳堂瞬間成空（聽眾一下子全走光了）。

> **4** An empty promise is insincere.
> 空虛的諾言是無誠意的。

490 **blow away**
吹走

> The papers were **blown away** by the wind.
> 紙張被風吹走。

blow out
吹滅

> She **blew out** all the candles on her birthday cake.
> 她把生日蛋糕上的所有蠟燭吹滅。

come to blows
互毆

> After words they **came to blows**.
> 他們吵嘴後互毆起來。

> 比較 **1** He flies into a rage every time she talks back to him.
> 每次她頂他的嘴，他就勃然大怒。

> **2** Their disputes were often settled by fisticuffs.
> 他們的爭論常以互毆解決。

491 **nail down**（to reach an agreement or a decision, usually after a lot of discussions）
使成定案／迫使明確保證；迫使（某人）做出決定

    1 Signing the contract will **nail down** our agreement.
       在合同上簽字將使我們的協議成爲定案。

    2 She says she'll come, but I can't **nail** <u>her</u> **down** to a specific time.
       她說要來，但我無法迫使她把要來的具體時間敲定。

492 **on second thoughts**
重加考慮

    On second thoughts, I will accept the job.
    經過深思考慮後，我接受此工作。

493 **in a goldfish bowl**
公開地

    It is impossible to negotiate **in a goldfish bowl**.
    公開談判是不可能的。

494 **behind the scenes**
幕後

    He is an important man **behind the scenes**.
    他在幕後是一位舉足輕重的人。

495 **ring a bell**
使人想起許多往事／耳熟

    1 The story **rings a bell** of my past.
       這故事令我想起自己的過去。

    2 His name **rings a bell** but I can't think where we met.
       他的名字聽起來耳熟，但我想不起我們在那裡見過面。

比較 1 His warning was still ringing in my ears.
       他的警告依然在我耳邊回響。

    2 I can't remember his name, but it's right on the tip of my tongue.
       我不記得他的名字，但是他的名字就在嘴邊（怎麼想就是想不起來）。

    3 I cudgeled my brains to recall her name.
       我絞盡腦汁想記起她的名字。

    4 I know him by sight but I know nothing about him.
       我認得他，但我不知道他是怎樣的人。

496　**at a snail's pace**
緩慢地

Business is progressing **at a snail's pace**.
工作進展的十分緩慢。

497　**fit to kill**
極度地

1 She was dressed up **fit to kill**.
她打扮得花枝招展。

2 They were so happy that they blubbered **fit to kill**.
他們高興得大哭起來。

比較 1 He was blubbering helplessly.
他無助地嚎啕大哭。

2 She was wearing a dress to die for.
穿了一件漂亮得要命的連衣裙。

498　**on the side**
作爲兼職

She tried selling cosmetics **on the side**.
她要以賣化妝品爲副業。

499　**have seen better days**
曾經富有過

Our neighbor **has seen better days**.
我們的鄰居曾經富有過（今則不然）。

500　**on one's own time**
下班後；自由的時間內

He worked out more efficient production methods **on his own time**.
他利用下班時間，想出了更爲有效的生產方法。

501　**in substance**（substantially or actually）
大體上；本質上

I agree **in substance** with what you say but differ on some small points.
我大致贊成你說的話，但在一些小事上不能同意。

502　**map out**
（精心細致地）規劃；安排

This whole plan has been most carefully **mapped out**.
整個計劃都悉心規劃妥當。

503　**shell out**
捐獻

He **shelled out** handsomely.
他慷慨解囊。
**參考 78

504 **have cold feet**（to become timid）
畏縮；害怕

> They **had cold feet** at the last minute and refused to sell their house.
> 他們在最後一刻怯懦起來，拒絕出售房屋。

比較　The new chairman hopes to get the company back on its feet within six months.
新董事長希望在六個月以內使公司恢復元氣。

505 **tuck away**（store；hide）
收藏；隱藏

1 I didn't want anyone to see my private letters, so I **tucked** it **away**.
我的私人信件不想給別人瞧見，所以把它收存起來。

2 The house is **tucked away** behind the tree.
那棟房子隱藏在樹的後面。

506 **the last person**
決不會…的人

> He is **the last person** to do such a thing.
> 他決不會是做這事的人。

比較　I will defend her to the last drop of my blood.
只要一息尚存，我必保護她。

507 **take liberties with**（be too familiar with）
太隨便

> You shouldn't **take liberties with** your teacher.
> 你對老師不可放肆。

比較 1　To me, teaching is an onerous job.
對我而言，教書是件繁重的工作。

2 You should not treat her with such familiarity.
你不應該如此隨便對待她。

508　**in the name of**
以……名義

I am speaking **in the name of** all the students of our class.
我是以全班同學的名義講話。

比較 **1**　Give a dog a bad name and hang him.
給某人以惡名，那惡名即永難洗清。

2　He knew the new manager only by name.
他對新經理只知其名並未見過面。

509　**bear the brunt**
首當其衝

She had to **bear the brunt** of the criticism.
她是批評的主要對象（多數批評是對她而發）。

比較 **1**　She accepted the criticism with magnanimity.
她很有雅量地接受了批評。

2　He was a man capable of magnanimous gestures.
他是一位有寬大姿態能耐的人。

3　She is such a gregarious and outgoing person.
她是一個如此喜愛社交外向的人。

510　**at loggerheads**（in disagreement）
與…相爭；與…不和

He and his wife are always **at loggerheads**.
他和他的妻子經常爭吵。

A friend in need is a friend indeed.
患難之交見真情。

511 **get on one's nerves**
攪得人不安

Turn off that radio; it's **getting on my nerves**.
把收音機關掉；它令我心神不寧。

比較 **1** People who talk all the time get on my nerves.
説起話來老是滔滔不絕的人會讓我心煩。

2 The noise of the machines sets my teeth on edge.
機器的聲音煩死我了。

3 She had always seemed friendly until suddenly she began to show her teeth.
她一向似乎很和善，直到她突然翻臉不認人。

**參考 523；609

512 **a short cut**
捷徑；近路

We took **a short cut** and got there before the others.
我們抄近路比其他人先行到達。

比較 His time of arrival coincided with yours.
他到達的時間與你相同。

513 **with the exception of**
除……以外

With the exception of John, all the boys got good marks in the exam.
除 John 之外，所有的孩子在考試中都拿到高分。

比較 **1** When he failed in three courses, his father got after him.
他三科不及格，因而受他父親責備。

2 He passed the examination by a nose.
他差一點考試不及格。

514 **in black and white**
書面；白紙黑字

He gave me assurance **in black and white**.
他給我書面保證。

515 **by leaps and bounds**（very rapidly）
飛快地

> Their business has grown **by leaps and bounds**.
> 他們的業務大幅快速地成長。

比較 **1** Look before you leap.
三思而後行。

2 She was born in a leap year.
她出生在一個閏年。

516 **the other side of the story**
事情另一面

> In order to reach an unbiased conclusion, you had better be aware of **the other side of the story**.
> 爲了得到一個公正的結論，你最好留意事情的另一面。

比較 **1** Law shall be uniform and impartial.
法律應該一視同仁而不偏不倚。

2 He has always been scrupulously fair.
他總是一絲不苟地秉公辦事。

517 **not to speak of**
更不用說

> A flood may destroy a town, **not to speak of** a small village.
> 不要說是一個小村子，一場洪水可摧毀一個小鎮。

518 **iron out**（resolve）
消除（困難、歧見）

> The problem should have been **ironed out** months ago.
> 這個問題是在好幾個月前就該解決的。

Love your neighbor as yourself.
要愛人如己。

519 **rain or shine**
不論晴雨；在任何情況之下

1 We'll be there tomorrow, **rain or shine**.
不論天氣如何，我們明天一定會來。

2 He's always a reliable friend, **rain or shine**.
他在任何情況之下都是個可靠的朋友。

比較 1 Friendship won't be found by serendipity.
友誼不會碰巧幸運找到。

2 I guess it was just a happenstance.
我猜想那只是一件湊巧的事。

3 Some people think that answers to prayers are mere coincidence.
有的人認為祈禱的靈驗只是偶然的巧合。

*注意 serendipity；happenstance；coincidence 用法

520 **hang on**
堅持／等待

1 It's a hard task, but if you **hang on**, you'll succeed in the end.
事情雖然困難，但如果你堅持下去，最後你將成功。

2 **Hang on** a minute and I'll be right with you.
等一下下，我馬上就來。

hang out
打發時間；閒蕩／伸出身體；前靠

1 On Saturdays, I **hang out** with my friends at the park.
星期六我和朋友在公園閒逛。

2 Don't **hang out** of the window; you may fall.
不要把身子伸出窗外，你可能會摔下去。

hang up
掛斷電話／擱置／中止

1 She **hung up** without saying good-bye.
她未說再見即掛斷電話。

2 The plan has been **hung up**.
這計劃已遭擱置。

3 The accident **hung up** the traffic for several hours.
車禍使交通中斷了數小時。

521 **vary with**
隨……而變化

The prices of the goods should **vary with** quality.
一分價錢一分貨（貨品價格隨其質量不同而改變）。

比較 1 Opinions on this matter vary greatly.
大家對這件事的看法南轅北轍。

2 Prices vary according to the type of room you require.
價格隨你所要求的戶型而有所變化。

3 We have looked at various houses, but have decided to buy this one.
我們看了許多房子，但決定買下這一棟。

4 His failure was due to a variety of reasons.
他的失敗是由於種種原因。

5 Today's temperature will vary between 20℃ and 29℃.
今天的氣溫在攝氏 20 度至 29 度之間。

522 **long odds**
極小的可能

He can succeed by **long odds**.
他成功的可能性很小。

比較 They battled against heavy odds.
他們以寡敵眾。
**參考 605

523 **wreak havoc**
嚴重破壞

1 The fire crackers at holidays **wreak havoc** with my nerves.
假期中的鞭炮聲，令我心神不寧。

2 The severe winter **wreaked havoc** among animals.
嚴冬在畜牲中造成大禍。

比較 He wreaked his anger on his son.
他拿他的兒子出氣。
**參考 465

524 **put in mind**（make somebody think of somebody）
使憶起

> You **put** me **in mind** of my cousin.
> 你使我想起我的表哥。

bear in mind（keep in mind）
切記；記住

> You must constantly **bear in mind** that haste makes waste.
> 你要常常牢記欲速則不達。

525 **be versed in**
精通

> 1 The professor **is** particularly **versed in** Renaissance painting.
> 這教授對文藝復興時代的畫作特別精通。

> 2 A doctor should **be** well **versed in** medicine.
> 醫生應精通醫道。

526 **veer off**
突然轉向

> The car in front of us suddenly **veered off** the road and drove into the tree.
> 在我們前方的車突然轉向撞向大樹。

> 比較 1 The wind veered to the west.
> 風向轉西。

> 2 The wind is blowing from the west.
> 風從西邊吹來。

> 3 He swerved sharply to avoid a truck.
> 他猛地急轉彎，以避開卡車。

527 **be taken aback**（be surprised or startled）
嚇了一跳

> They **were** greatly **taken aback** by the news.
> 這消息令他們大吃一驚。

528 **all along**（all the time from beginning）
一直；從一開始

> She has been mistaken **all along**.
> 她從一開始就錯了。

all alone（completely alone）
獨自地

> He struggled **all alone**.
> 他孤單地奮鬥。

比較 1 Leave well enough alone.
安於現狀（不再謀求更進一步）。

2 In the art of painting he stands alone.
他的畫是舉世無雙的。

529 **nothing loath**
非常樂意；很高興

> When he suggested a meal, I was **nothing loath**.
> 當他提議吃飯時，我高興極了。

比較 1 I'm loath to go there but it seems that I must.
我很不願意去那裡，但看來我必須跑一趟。

2 He was loath to admit his mistake.
他不願承認自己的錯誤。

3 I loathe doing dishes.
我非常討厭洗碗。

4 He was reluctant to admit he was wrong.
他不願意承認自己有錯。

5 He detests being photographed.
他非常討厭照相。
*注意 loath；loathe 發音及詞性不同
loath = reluctant
loathe = detest

530 **and what's more**
再者；而且

> He learns easily, **and what's more**, he remembers
> what he has learnt.
> 他學得很輕鬆，而且把所學的全都記住。

531 **at a loss**
虧本／迷惑

He sold his house **at a loss**.
他虧本售出房屋。

I am quite **at a loss** what to do.
我全然不知如何處置。

比較 1 Ever since leaving the company he has been at loose ends.
他自從離開該公司後一直沒有找到安定的工作。

2 He spent two years wandering about the country at loose ends.
他在國內東飄西蕩兩年，居無定所。

3 Since losing my job I have been a vegetable.
失業以來我感到百無聊賴。

4 He is very bitter about losing his job.
他丟掉了工作，心裡很不服氣。
**參考 6

532 **at the eleventh hour**（at the very last moment）
在最後一刻

The child was saved from the robbers **at the eleventh hour**.
那個孩子在最後一刻才被人從搶匪手中救出。

533 **the cup is half full**
樂觀看待事情

Lisa always thinks **the cup is half full**. I wish I shared her positive attitude.
Lisa 總以樂觀心情看待事情，我希望能跟她一樣有此樂觀（積極）態度。

534 **on one's honor**
憑良心說話或作事

We were **on our honor** not to cheat on the exam.
我們考試不作弊是對自己良心負責。

比較 1 She is ashamed of cheating in exams.
她恥於考試作弊。

2 Conscience prompts us to do right.
良心使我們為善。
**參考 660

535 through thick and thin
同甘共苦

A true friend sticks **through thick and thin**.
一個真正的朋友會同甘共苦的。

比較 1 Do not fail your friends in their need.
不要棄友於患難中。

2 To betray a friend is a base action.
出賣朋友是卑鄙的行為。

3 To betray a friend is ignoble.
背棄朋友是為人所不齒的。

4 We'd been to hell and back together and we were still good friends.
我們曾經患難與共，現在依然是好朋友。

536 in a sense
在某一方面來說

In a sense, it may have been the only possible solution.
在某一方面來說，那或許是唯一可能的解決方法。

537 fly high
高興得飄飄然

His stories began to sell, and he was **flying high**.
他的小說大賣，他興奮極了。

538 keen about
喜愛

I am not very **keen about** tennis.
我不是十分喜愛網球。

比較 1 There's been keen competition for the job.
角逐那件工作競爭激烈。

2 The razor has a very keen blade.
這個刮鬍刀有很鋒利的刀片。

3 She's very keen to try again.
她急著再試一次。

539 turn up one's nose at
鄙視

My friend **turns up his nose at** anyone who hasn't had a college education.
我的朋友對沒有受過大學教育的人一律瞧不起。

540   in terms of〔from the point of view of〕
以……之觀點（指從某方面或角度看）

1   He tends to think of everything **in terms of** money.
他有以錢度量一切之傾向。

2   Consider it **in terms of** an investment.
就把它當做是一項投資吧。

3   What does this mean **in terms of** cost?
這在成本上意味著什麼？

4   The flat would be ideal **in terms of** size, but it is very expensive.
就面積的大小來說，這是很理想的公寓，但就是太貴了點。

5   Our goods compete **in terms of** product quality, reliability and above all variety.
就產品的品質、可靠性來說，我們的產品比所有的各類（同類）產品均略勝一籌。

比較 1   The terms at that hotel are ten dollars.
那旅館的費用是每天十元。

2   At your age, you can hardly be termed a young man.
到了這個年紀，你稱不上是年輕人了。

541   paddle one's own canoe
自立；靠自己獨自為之

They told him that he could expect no more help and would have to **paddle his own canoe**.
我告訴他們必須自立，不要再指望有任何奧援。

542   carry all before one
極為成功

In his academic and social life he **carried all before him**.
他的學術生涯及社會生活均極為成功。

543   in an ordinary way
按常例；就通常之情形

In an ordinary way I should refuse but on this occasion I shall agree.
按一般情形我會拒絕，不過在此情況下我會同意。

544　do oneself justice
盡量發揮能力；作優良表現

You're not **doing yourself justice**.
你的表現欠佳（未盡力發揮）。

545　set against
對比；權衡利弊

The advantages must be **set against** the disadvantages.
好處必須與短處權衡。

546　walks of life（a social position or class）
行業；身分階層

They interviewed people from all **walks of life**.
他們會晤了各行各業的人。

547　hold firm（to something）
堅信；堅持

She **held firm** to her principles.
她堅守原則。

比較 1　His muscles are firm.
他的肌肉堅實。

2　The ground is too hard to dig.
地太硬而不能挖掘。

3　We build houses on solid ground.
我們把房子建造在堅硬的地上。
*注意 firm；hard；solid 用法

548　tie in
與……相符；一致

1　This evidence **ties in** closely with what we already know.
這證據和我們已掌握的情況完全相符。

2　His story **ties in** with the facts.
他所説的與事實相符合。

549 **spin a yarn**（to try to make somebody believe a long story that is not true）
說動人的故事

> After dinner, grandfather likes to **spin a yarn** for anyone who wants to hear.
> 吃完晚飯後，爺爺喜歡給任何愛聽故事的人講動人故事。

比較 **1** She's a cantankerous old lady.
她是一個脾氣壞愛抱怨的老婦。

2 He told the story with much unction.
他講這故事講得津津有味。

3 She told me a creepy ghost story.
她跟我講了一個令人毛骨悚然的鬼故事。

4 He told us a nauseating story.
他告訴我們一個令人噁心的故事。

550 **tally up**（to calculate the total number of something）
計算

> The pie-eating contest is over. Let's **tally up** who ate the most pies.
> 吃派比賽結束了，我們來算一下誰吃得最多。

551 **win a spot**
佔有一席之地

> The young lawyer tried hard to **win a spot** at the famous law firm.
> 這年輕律師想在有名的律師事務所中佔有一席之地而埋頭苦幹。

552 **steep**（**somebody**）**in**（**something**）
沈緬於；投入於

> After a whole day at the library, Jenny had **steeped** herself **in** arts.
> 待在圖書館一整天，Jenny 全心投入藝術研究。

553 **chances are**
有可能

> Frank has the flu, so **chances are** he won't come to work today.
> Frank 患上流感，他今天有可能不來上班。

554 **the lion's share**（the larger or largest part）
較大或最大部份

> The local government collects and spends **the lion's share** of the tax dollar in this area.
> 地方政府把大部分徵來的稅收用在此地區。

555 **kick up a fuss**（quarrel；kick up a row）
大鬧；找麻煩

1 If I refuse to go to the theater, my wife is sure to **kick up a fuss**.
若我不同意去看電影，我太太一定會大吵大鬧。

2 When he discovered that his room had been given to someone else, the tourist **kicked up a row**.
當這遊客發現他的房間已轉給別人時大吵一場。

556 **fish for**（search for something, using your hand）
搜尋（摸找）

She **fished** around in her handbag **for** a pen.
她在手提包裡找筆（用手摸找）。

比較　He felt in his pocket for some money.
他在口袋裡摸著想找一些錢。

**參考 638

557 **once in a blue moon**（very rarely）
極罕有地

I used to see him a lot but now we meet only **once in a blue moon**.
我以前常常看到他但是現在卻難得見上一面。

比較 1 Out of the blue, I got a phone call from a friend I hadn't seen for twenty years.
意想不到地，我接到了一位二十年不見的朋友打來的電話。

2 I haven't seen him for ages .
我很久未見到他。

3 I have lost sight of my old friend for many years.
我已多年不得老友的音訊。

Let us not love with words on tongue but with actions and in truth.
我們相愛不要只在言語和舌頭上，總要在行為和誠實上。

558 **feel the pinch**
感到經濟拮据

Vince and his family **felt the pinch** after he lost his job.
Vince 失業後，他和家人生活就過得十分拮据。

比較 1 They didn't pinch pennies on the new opera house.
我們不惜巨資興建新的歌劇院。

2 Many parents have to scrimp to keep their children in school.
很多做父母的必須盡量節省，俾孩子們能繼續上學。

3 I'll have to pinch pennies if I am going to get through school.
我如果想讀到畢業，便非節儉不可。

4 These new shoes pinch.
這雙新鞋夾腳。

5 Higher interest rates are already pinching the housing industry.
提高利率已使住房業不堪負荷。

6 We can get six people round this table in a pinch.
這張桌子可以坐六個人。

559 **fit like a glove** (fit perfectly)
十分相合

She wears a dress that **fits like a glove**.
她穿著一件非常合身的洋裝。

比較 1 The best tailor tailored her.
最好的裁縫為她縫製衣服。

2 Her jeans fit snugly.
她的牛仔褲很合身。

3 The tailor misfitted me.
裁縫給我做得不合身。
*注意 tailor 用法

> Before his downfall a man's heart is proud,
> but humility comes before honor.
> 敗壞以先人心驕傲，尊榮以前必有謙卑。

560 **deliver oneself up**
自首

The thief **delivered himself up** to the police.
這小偷向警方自首。

比較 **1** He has promised to finish the job by June and I am sure he will deliver.
他答應在六月底完成這項工作，我相信他會履行諾言。

2 She was delivered of a child it was an easy and safe delivery.
她產下一子，生產順利而平安。

**參考 627 lay by the heels

561 **the cradle of**
發源地

Europe can be described as **the cradle of** classical music.
歐洲被形容成古典音樂的發源地。

比較 The bond of brotherhood was one to last from the cradle to the grave.
手足之情是一種延續一生的情誼。

562 **grapple with**
竭力處理或瞭解某個難題

Yolanda is **grappling with** the question of whether she should move abroad or not.
Yolanda 正想方設法解決是否移居國外的問題。

比較 We're still dithering over whether to go abroad.
我們還在為要不要出國猶豫不決。

563 **hot on the trail of**（**hot on the track of**）
緊追……不捨

The fans were **hot on the trail of** the movie stars.
那些影迷對電影明星緊追不捨。

564 **at ease**（comfortable or relaxed）
自由自在的；輕鬆的

I feel **at ease** when I am with her.
我跟她在一起時覺得很自在。

with ease（easily）
輕易地的；容易地

She won the prize **with ease**.
她輕鬆地贏得該獎。

565 cast pearls before swine
對牛彈琴

She read them Shakespeare, but it was **casting pearls before swine**.
她為他們朗誦莎士比亞（作品），但那等於是對牛彈琴。

566 tantamount to（as good as；equivalent）
等同的

1 His request was **tantamount to** blackmail.
他的要求形同勒索。

2 His explanation was **tantamount to** a confession.
他的說明等於一篇自白。

3 The matter is **as good as** settled.
這事實際上可以說解決了。

4 Eight kilometers is roughly **equivalent** to five miles.
八公里約等於五英哩。

**參考 368

567 in conformity with（following）
與……一致

1 Was her action **in conformity with** the law?
她的行為合法嗎？

2 His behavior **in conformity with** his ideals.
他的行為與他的理想一致。

568 play the devil with
傷害

Smoking **plays the devil with** one's health.
吸煙對一個人的健康有害。

比較 1 Lack of sleep is detrimental to one's health.
缺乏睡眠是有害於健康的。

2 If inflation becomes much worse there will be the devil to pay.
如果通貨膨脹更趨惡化，其後果將不堪設想。

3 I had a devil of a time getting home through the snow last night.
昨晚在雪中回家真使我夠受的了。

*注意 devil 用法

569 pay off
有了補償；有了收穫

1 The years of patience and persistence had at last **paid off**.
幾年的耐苦和堅忍終於有了補償。

2 The investment **paid off** handsomely.
投資有了相當大的收穫。

比較 **1** Our efforts were handsomely rewarded.
我們的努力得到了可觀的報酬。

2 Handsome is as handsome does.
慷慨仁慈始為美。
**參考 341

570 at the drop of a hat
動不動就…

He used to fight **at the drop of a hat**.
他以前動不動就打架。

比較 **1** He's a real scrapper for a little boy.
他年紀雖小，卻愛打架。

2 They detested each other on sight.
他們互相看著就不順眼。

3 He tried to atone for the evil he had done.
他試圖為過去的為非作歹贖罪。
**參考 678

571 in compliance with（obedience）
依從；順從

She gave up the idea **in compliance with** his desire.
她依從他的願望而放棄她的主意。

572 grind to a halt（to go slower gradually and then stop completely）
慢慢停下來

Because of the bad weather all forms of transport have **ground to a halt**.
由於天氣惡劣所有的交通運輸工具全都停止營運。

比較 **1** Parts of the machine were grinding together noisily.
機器零件磨擦發出刺耳的聲音。

2 The argument ground on for almost two years.
這場爭論拖拖拉拉持續了近兩年。

573 **a bolt from the blue** (a bolt out of the blue)
晴天霹靂；意外的事

His death was **a bolt from the blue** for all his friends.
他的過世對他所有的朋友來說，不啻是晴天霹靂。

574 **bitter against**
強烈反對

We are **bitter against** the project.
我們強烈反對此計劃。

比較 1 Good medicines taste bitter.
良藥苦口。

2 It's really bitter out today.
今天戶外的確很冷。

3 Losing the match was a bitter disappointment for the team.
輸掉這場比賽對這個球隊來說是一件傷心失望的事。

575 **dos and don'ts** (do's and don'ts)
規則；注意事項

1 The **dos and don'ts** of polite manners are easy to learn.
禮貌上何者應為何者不應為極易學到。

2 Here are some **do's and don'ts** for exercise during pregnancy.
這是妊娠期間運動的一些注意事項。

576 **skate on thin ice**
做冒險的事

Doing something risky is just like **skating on thin ice**.
做危險的事就像在薄冰上溜冰。

577 **from rags to riches**
從赤貧至暴富

1 He went **from rags to riches** in only two years.
他在短短的兩年中，從赤貧一躍而成鉅富。

2 Her talent took her **from rags to riches**.
她的才華使她由貧窮變富有。

578 **on receipt of** (upon receipt of)
當收到…時

On receipt of your check we will send you the merchandise.
一收到你的支票，我們就會送貨。

579 **cross one's mind**（come into your mind）
想起

> **1** It never **crossed my mind** that she might lose.
> 我從來沒有想過她會失敗。
> （＝I was sure that she would win.）

> **2** The idea has just **crossed my mind**.
> 我剛剛想起這個主意。

比較　An idea occurred to me.
我想起一計。

*注意 occur 發音

580 **in a good light**
容易看清楚的／從好的觀點

> Hang the picture **in a good light**.
> 把那圖畫掛在容易看清楚的地方。

比較　That picture is crooked. Please straighten it.
那幅畫掛歪了，請把它擺正。

She worshipped him, but then she'd only seen him **in a good light**.
她崇拜他，但她只從好的觀點來看他。

比較　I view the matter in a different light.
對於那件事我有不同的見解。

581 **not far too seek**（easily seen or understood）
不難找到；不難瞭解

> **1** The reason for his failure was **not far to seek**：he was ill during the examination.
> 他考試不及格的理由不難找到：考試期間他病了。

> **2** The cause of these oversight were **not far to seek**.
> 這些疏忽的原因並不難找到。

比較　A really conscientious man is far to seek.
真正正直而盡責的人不易找到。

582 **call somebody names**
責罵（指非常嚴厲地罵人；罵得狗血淋頭）

> If you **call his names**, he'll punch you.
> 如果你痛罵他，他會揍你。

583 **to the letter**
精確地；絲毫不差

We followed your instruction **to the letter**.
我們是嚴格遵照你的指示（辦事）。

584 **lash out at**（attack）
抨擊

1 In his speech he **lashed out at** his critics.
在演說中，他猛烈抨擊批評他的人。

2 When he came home very late his wife **lashed out at** him.
他很晚才回家，他太太把他痛罵一頓。

lash out on（spend a lot of money on）
花大筆錢（於）⋯⋯

She **lashed out on** a car.
她大手筆花錢在愛車上。

585 **usher in**（bring in）
開始；引進

When was the atomic age **ushered in**?
是何時進入原子時代的？

586 **to the core**（completely）
完全地

He's Canadian **to the core**.
他是道地的加拿大人。

比較 Concern for the environment is at the core of our policies.
對環境的關注是我們政策的核心。

587 **on the rocks**
處於災難中；破產財盡

In a brief space of time the company went **on the rocks**.
那公司很快即告破產。

比較 1 The quake rocked the houses.
地震搖動房屋。

2 She rocked her baby in her arms.
她搖著懷裡的嬰兒。

3 Every one in the courtroom was rocked by the verdict.
法庭中每一個人都被那宣判所震驚。

588 **at large**（free）
逍遙法外的；未被捕的

Three fugitives are still **at large** following the prison escape.
發生那次越獄後仍有三名逃犯逍遙法外。

589 **take shape**
成形；實現

1 Our plans of a new laboratory are beginning to **take shape**.
我們新實驗室的計劃開始有點頭緒了。

2 In 1912 women's events were added, and the modern Olympic programme began to **take shape**.
西元 1912 年增加了女子賽事後，現代奧運的規劃開始成形。

590 **not in the least**（not at all）
一點也不

1 This book is **not in the least** difficult.
這本書一點也不難。

2 I was **not in the least** tired after the long trip.
經過長途旅行後，我絲毫不感覺疲倦。

591 **lead on**
使誤解

He **led** me **on** to think that he loved me.
他使我誤以為他愛我。

592 **to hold one's horses**
稍安毋躁

The bell had rung and we were all eager to leave, but the teacher asked us **to hold our horses** until he had finished.
鈴聲響了，大家都盼著下課，但是老師要我們稍安勿躁等他把課上完。

593 **at issue**（being argued about）
爭論中的

1 Her ability is not **at issue**; it's her character I'm worried.
她的能力不是問題；我擔心的是她的品行。

2 Medical men are still **at issue** over the proper use of tranquilizers.
醫界人士對鎮靜劑的適當運用意見仍不一致。

3 What is **at issue** is whether she was responsible for her actions.
議論的焦點是她是否對自己的行為負有責任。

594 **inch by inch**（little by little）
漸漸地；一步一步地

1 She crawled forward **inch by inch**.
她一步一步往前爬。

2 He progressed **inch by inch**.
他漸漸地有進步了。
**參考 433

595 **sink or swim**
成敗

1 I shall either **sink or swim**.
我之成敗在此一舉。

2 **Sink or swim**, I will try.
無論如何（不論成敗），我要試一下。

the swim
追逐潮流；積極參與社會生活

An active and social person likes to be in **the swim**.
一個積極而善交際的人喜歡參加一切活動。

比較 **1** His head swam and he swayed dizzily.
他感覺天旋地轉搖晃起來。

2 My head swims.
我頭暈。

596 **of the essence**
不可缺少的／必要之物

1 In chess, cool nerves are **of the essence**.
奕棋時，冷靜是不可缺少的。

2 Time is **of the essence** of this agreement.
時間因素是本協議中之要點。

597 **up the wall** （extremely angry）
憤怒

Kevin went **up the wall** when he heard the news.
Kevin 聽到了那個消息時極為憤怒。

One swallow doesn't make a summer.
不能單憑微小的跡象而下定論。

598 in full swing（well under way）
處於最活躍的進行狀態中

When we returned, the party was already **in full swing** and the dance floor was crowded.
當我們回到派對上時，派對已進入高潮，舞池擠滿了人。

比較 **1** Everything went swimmingly at our party.
我們的派對一切進行順利。

2 We went to the party together but he soon took French leave.
我們一起去參加派對，但是他不久就不辭而別。

3 I was asked to the party but I had other fish to fry.
我被邀參加派對，但我有別的事要做。

4 The party filled with seemers.
派對上到處都是裝模做樣的人。

599 mired in
長期陷入……困境

The small country was **mired in** poverty for many decades.
這小國陷入貧窮困境有數十年之久。

600 all the rage（to be very popular and fashionable）
風靡一時；十分流行

Chatting online is **all the rage** among teenagers these days.
現代青少年之間網上聊天十分流行。

A fool spurns his father's discipline,
but whoever heeds correction show prudence.
愚昧人藐視父親的管教，領受責備的，得著見識。

601 out of the question（impossible；not to be discussed at all）
不可能的

1 His success is **out of the question**.
他不可能成功。

2 We can't go out in this weather, it's **out of the question**.
這種天氣我們不可能外出。

比較 **1** Her honesty is beyond question.
她的誠實是毋庸置疑的。

2 He is questionably honest.
他的忠誠實屬可疑。

3 Which route is better remains an open question
（= it is not decided）.
哪條路線較好，是個懸而未決的問題。

602 beat the drum
宣傳

The boss is out to **beat the drum** for a new product.
老闆為新產品外出大肆宣傳。

比較 If we go early we should beat the traffic.
我們早點出發就可避開交通擁擠。

603 at a price（costing a lot of money）
以高價；花大錢

He won but only **at a price**.
他贏了，不過付出了極高的代價。

at any price
不惜任何代價

We want peace **at any price**.
我們為和平不惜（付出）任何代價。

beyond price（**without price**）
非任何價錢所能購得者

Virtue is **beyond price**.
美德乃無價之寶。

604 sing someone's praise（praise someone very highly）
公開讚揚

1 Alan is always **singing his wife's praises**.
Alan 總是當眾讚揚太太。

2 He likes to **sing his own praises**.
他喜歡自誇自讚。

605 **by all odds**
毫無疑問

> She is **by all odds** the prettiest girl in the family.
> 毫無疑問她是家中最美的女孩。
> ****參考 316；473；522**

606 **turn a deaf ear**
充耳不聞；對……置之不理

> He **turned a deaf ear** to his mother's advice.
> 他對母親的忠告充耳不聞。

比較　A sea change has taken place in young people's attitudes
to their parents.
年輕人對他們父母的態度已有極大的改變。

607 **drop dead**（die suddenly）
猝死

> He **dropped dead** with a heart attack.
> 他因心臟病發猝死。

drop in（visit informally）
偶然過訪；不先期預告的拜訪

> He **dropped in** on us occasionally.
> 他不時來拜訪我們。

drop off（fall asleep）
打瞌睡

1　Many students **dropped off** in class.
許多學生上課時打瞌睡。

2　I **dropped off** and missed the end of the film.
我因打瞌睡錯過了電影的結尾。

比較 1　Their spirit drooped when they heard the news.
聽到這消息，他們情緒低落下來。

2　I drowsed but didn't quite fall asleep.
我打了瞌睡，但未沈睡。

608 **for good or for evil**
無論是好是壞

> A change of environment, **for good or for evil**, is necessary
> for the patient.
> 無論是好是壞，環境的改變對病人是必要的。

609 **have the nerve to**
有勇氣去

> It is not easy to **have the nerve to** admit one's mistakes
> in front of one's subordinates.
> 在屬下面前勇於認錯不是容易的事。
> ****參考 511**

610 **a cut above**
勝過一籌

Her pies are **a cut above** any others I've tasted.
她做的水果派比我吃過的任何其他水果派高明些。

611 **a flood of** (a great amount)
大批；大量

I received **a flood of** letters on my birthday.
我在生日當天收到了大批信件。

比較 **1** The office was flooded with applications for the job.
辦公室堆滿了應徵該職的求職信。

2 Sunlight flooded into the room.
陽光流瀉進室內。

3 Cheap imported goods are flooding the market.
廉價進口商品充斥著市場。

4 The flood have receded.
洪水已消退。

612 **by the skin of one's teeth**
相差極微；僅

We made the last train **by the skin of our teeth**.
我們幾乎沒有趕上末班火車。

613 **run riot**
行動無約束；撒野

1 They let their kids **run riot**.
他們任由孩子撒野。

2 His tongue **runs riot**.
他放肆地胡言亂語。

3 The plague **runs riot**.
時疫猖獗。
**參考 678

614 **put somebody right**
使恢復健康

1 This medicine will soon **put** you **right**.
這藥會很快使你恢復健康。

2 A good night's sleep will soon **put** you **right**.
睡一夜好覺能讓你很快地恢復精神。

615 **reckon in**（include）
算及；計及

Have you **reckoned in** the taxi fare?
你把計程車費用算進去了嗎？

reckon on（depend on；expect）
信賴；寄望；依恃

You can **reckon on** our help.
你可依恃我們的幫助。

reckon with（take into account；deal with）
考慮到；處理；應付

The sudden change of weather has not been **reckoned with**.
天氣之突變未在考慮之中。

616 **full of oneself**（very proud； thinking a lot about oneself）
自大的；自視甚高的

I don't like him, because he's rather **full of oneself**.
我不喜歡他，因為他有些自大。

617 **sweep up**（clean by sweeping）
掃掉；掃起

Did you **sweep up** all the broken glass?
你有沒有把破碎的玻璃全掃掉？

比較 **1** A flood swept away the bridge.
洪水沖走橋樑。

2 His eyes swept the sky, searching for signs of rain.
他的眼睛掃視天空，看看有沒有下雨的跡象。

618 **in full**（completely）
全部地

Write it out **in full**.
把它完全寫出來。

619 **to the full**（thoroughly）
充分地

I've always believed in living life **to the full**.
我總是相信生活要盡量充實。

620 **grin and bear it**
逆來順受

There's nothing we can do about it. We'll just have to **grin and bear it**.
對此我們無能為力，只好默默地忍受。

比較 Never boggle at a difficulty.
永毋遇難而退。

621 **to the bone**（thoroughly）
徹底地；極端地

He loves you **to the bone**.
他愛你到極點。

比較 **1** She was all in all to him.
她是他最愛的人。

2 He's absolutely nuts about her.
他完全迷戀上她。

622 **fact of life**
基本事實；無法更改之事（人生必然之過程）

1 Sorrow and suffering are unavoidable **facts of life**.
傷痛和苦難是生活中無可避免的現實。

2 Old age is a **fact of life**.
年老是人生必然之過程。

比較 Old age creeps upon one unawares.
老年在不知不覺中來臨。

the facts of life
性知識

The teacher tried to give us a lecture on **the facts of life**.
老師試著給我們作了一場性知識方面的演講。

623 **part and parcel**（an essential part）
主要部份

The love for her child was **part and parcel** of her life.
她對孩子的愛是她生命中的主要部份。

比較 **1** She takes scrupulous care of the children's health.
她極謹慎的注意孩子們的健康。

2 When she looked at her children, she felt a glow of pride.
看見自己的孩子，她就感到由衷的自豪。

624   **answer to**
因應；符合

> This house **answers to** his description.
> 這房子與他的描述相符。

answer for
負責；擔保

> 1 Somebody will have to **answer for** this.
> 有人必須為此負責。
>
> 2 I can't **answer for** his honesty.
> 我不能保證他誠實。
>
> 3 This pen will **answer for** my purpose.
> 這支筆合乎我的需要。
>
> 4 He will have to **answer for** his wrongdoings one day.
> 將來有一天他會自食惡果的。

625   **ebb and flow**
潮汐；人事滄桑

> 1 The **ebb and flow** of the sea is predictable.
> 海洋的漲潮和退潮是可預測的。
>
> 2 He has experienced the **ebb and flow** of life.
> 他經歷過人生的變幻。
>
> 比較 She sat in silence enjoying the ebb and flow of conversation.
> 她默默地坐在那兒，饒有興致地聽著時高時低的談話聲。

626   **on easy street**（enjoying a comfortable way of life with plenty of money）
在舒適的環境中

> He tried one scheme after another, looking for the quickest way to get **on easy street**.
> 他千方百計尋找致富捷徑。

627   **lay by the heels**
逮捕監禁

> The police will soon **lay** the thief **by the heels**.
> 員警會很快把小偷逮捕監禁起來。

lay oneself out
用盡苦心

> He **laid himself out** to entertain his guests well.
> 他用盡苦心款待客人。

lay（a person）**under a necessity**
迫使；使不得不

> Your behavior **lays me under a necessity** of punishing you.
> 你的行為迫使我不得不處罰你。

628 **show up**（appear；shame）
出現／羞辱

1 Guess who **showed up** at the party?
猜猜看誰在派對上現身（猜猜看誰來了）？

2 She enjoyed **showing** her boyfriend **up** in public.
她喜歡當眾羞辱她的男朋友。

629 **run down**（knock down with a vehicle；disparage）
遭車撞倒／毀謗；貶抑

1 He was **run down** by a speeding motorist.
他被一輛疾駛中的車撞倒。

2 He's always **running** her **down** in front of other people.
他總是在別人面前說她的壞話。

3 The coward **disparaged** the hero's brave rescue.
這懦夫貶低了那英雄英勇救助。

比較 **1** We musn't belittle her outstanding achievement.
我們不可以輕視她的傑出成就。

2 He demeaned himself by his cowardly behavior.
他的怯懦行為貶低了自己的身份。

3 Such images demean women.
這些形象有損婦女尊嚴。

630 **walk off with**
順手牽羊；偷走

Someone has **walked off with** my umbrella.
有人偷走了我的傘。

631 **see eye to eye**
完全同意

We **see eye to eye** in everything we do.
我們無論做什麼事情意見都完全相同。

比較 He couldn't help eyeing the cakes hungrily.
他饑不可耐地盯著蛋糕。

632 **a grain of truth**
一絲真理；一點真實性

Don't believe what Peter told you. There isn't **a grain of truth** to it.
不要相信 Peter 的話，沒有一句是真的。

633 **at variance**
矛盾的、衝突的

1 These conclusions are totally **at variance** with the evidence.
這些結論與證據完全相悖。

2 Roy's actions are **at variance** with his promises.
Roy 的言行不一致。

634 **neither more nor less than**
純然；恰；正

This is **neither more nor less than** absurd.
這純然是荒謬絕倫。

635 **take the pulse**
判斷情勢；瞭解現況

The mayor needs to **take the pulse** of the economy before any decisions are made.
在作出任何決定前，市長要對經濟現況有所瞭解。

比較 **1** The patient has a weak pulse.
這病人的脈搏很弱。

2 My heart pulsed with excitement.
我的心因興奮而跳動。

636 **see life**（have experiences of life）
閱歷世事；見世面

1 Sailors do not earn much money but they do **see life**.
水手們掙錢雖少，但他們卻能閱歷世事。

2 She has **seen** nothing **of** life.
她沒有見過世面。

比較 He led a life of otiosity.
他過著悠閒的生活。

637 **high and dry**
擱淺／孤獨無助

1 Their yacht was left **high and dry** on a sandbank.
他們的遊艇擱淺在沙洲上。

2 Her date left her **high and dry**.
和她約會的男友爽約了（使她孤單單地空等）。

比較 **1** She was quite pained when you refused her invitation.
當你拒絕她的邀請時，她的自尊心大受打擊。

2 Your criticism injured her ego.
你的批評傷害了她的自尊心。

638 **high and low**（everywhere）
到處；各地

> I've searched **high and low** for my purse.
> 我把錢袋翻遍了。

639 **pony up**（stump up）
（非情願的）付錢；掏腰包

> 1 They made him **pony up** the money he owed.
>   他們要他付清欠款。
>
> 2 People can't even afford to **pony up** for movie tickets.
>   人們連電影票的錢都付不起。
>
> 3 Who is going to **stump up** the extra money?
>   額外的錢由誰支付？
>
> 比較 1 This bill is payable tomorrow.
>   這筆帳明天要付。
>
>   2 When is the rent due?
>   房租應何時付給？
>
>   3 Payment is due on 20 March.
>   付款期限為三月二十日。

640 **roll out the red carpet**
正式歡迎；熱烈歡迎

> They **rolled out the red carpet** for the minister when he arrived at the airport.
> 部長抵達機場時，他們予以熱烈歡迎。

641 **have a great mind to**
極想；極欲

> 1 I **have a great mind to** write to him.
>   我真想寫信給他。
>
> 2 I **have a great mind to** tell him the truth.
>   我幾乎想把實情告訴他。

642 **out of focus**（not clearly shown）
模糊不清

> The children's faces are badly **out of focus** in the photograph.
> 照片上孩子們的臉模糊不清。
>
> 比較 1 This photograph is in clear focus.
>   這張照片非常清晰。
>
>   2 It was the main focus of attention at the meeting.
>   這是會議上關注的主要焦點。
>   **參考 127

643 **give credit to**
相信；信賴

> **1** <u>**Give** no **credit to**</u> these idle rumors.
> 別相信這些無聊的謠言。

> **2** I <u>**gave credit to**</u> her for more sense.
> 我本料想她會更懂事的（我沒料到她會如此不懂事）。

644 **be in one's element**（one's favorite surroundings）
適得其所

> He <u>**is**</u> quite <u>**in his element**</u> when he is talking about music.
> 他談論音樂時真是得其所哉。

be out of one's element（be out of one's favorite surroundings）
不得其所

> She <u>**was out of her element**</u> on the farm.
> 她在農場上感到格格不入。

645 **make capital of**（gain some advantage from）
利用；從……撈取好處

> You can <u>**make capital of**</u> your knowledge of English.
> 你可利用你的英文知識。

646 **under the skin**
在心裡面；在外表背後

> Women are all alike <u>**under the skin**</u>.
> 女人們的想法都是一樣的。

> 比較 **1** He has a thin skin and doesn't take kidding very well.
> 他臉皮薄，人家跟他開玩笑他很容易動氣。

> **2** Be careful what you say to him—he has a thin skin.
> 對他說話要小心—他很敏感。

> **3** Don't take to heart what was said in mock.
> 別把人們的嘲笑放在心上。

647 **hope against hope**（hope for something although it is not likely to happen）
存萬一的希望；絕望中仍抱希望

> We are <u>**hoping against hope**</u> for a change in her condition.
> 我們希望她的病情有一線轉機。
> **參考 154

648 **pour cold water on**（point out all the problems and disadvantages of something）

向……潑冷水

> Peter **poured cold water on** the new plan: he said that it would never work.
> Peter 對這新計劃大潑冷水：他說這計劃根本無法推動。

649 **beat about the bush**（talk around the subject）

拐彎抹角地講話；繞圈子

> Stop **beating about the bush** and tell me what you want.
> 別再拐彎抹角，告訴我你要什麼吧。

650 **in a jiffy**（a moment；very soon）

馬上；瞬間

> I will do it **in a jiffy**（=very soon）.
> 我馬上去做。

> 比較　Wait half a jiffy.
> 等一下。

651 **draw lots**（cast lots）

抽籤決定

> Someone must go. Let us **draw lots**.
> 必須有人去，讓我們抽籤決定誰去。

652 **in great measure**

大半

> 1　His failure was **in great measure** because of pride.
> 他的失敗大半由於驕傲。

> 2　Sickness is **in great measure** preventable.
> 疾病多半是可以預防的。

made to measure

（衣服）量身訂製的

> You'll need to get a suit **made to measure**.
> 你得訂做一套西裝。

> 比較 1　Measure your needs to your income.
> 量入為出。

> 2　He is angry beyond measure.
> 他極為震怒。

> 3　He is right in a measure.
> 他多少有些對（他並未全錯）。

653 **in jeopardy**（at stake）
在危險之中

1   He placed a fortune **in jeopardy** by gambling.
他賭博把家當置於危境。

2   Her life was **in jeopardy** when the twin-engine plane stalled.
當那架雙引擎飛機失速時，她的生命陷於危險中。

3   Bad management has put the firm's future **in jeopardy**.
經營不善使這家公司的未來岌岌可危。

4   His property is now **at stake**.
他的財產瀕於危險。

5   We cannot afford to take risks when people's lives are **at stake**.
現在人命交關，不容我們有閃失。

654 **in a class by oneself**
獨一無二的

As a cook she was **in a class by herself**.
燒起菜來，她是獨一無二的（她燒的菜最好吃，別人學不來）。

比較 1   She's an absolutely brilliant cook.
她的廚藝精湛至極。

2   The dessert is stupendously delicious.
這甜點好吃的不得了。

3   The fare in this restaurant is terrible.
這家餐館的食物壞極了。

4   As a jazz singer he's in a class of his own（=better than most others）.
作爲爵士樂歌手，他比大多數同行都要出色。

655 **linger on**（to stay alive but become weaker）
奄奄一息；苟延殘喘

He **lingered on** for several months after the heart attack.
心臟病發後，他有好幾個月體弱不振。

比較   We lingered away the whole summer at the beach.
我們在海灘上耗掉整個夏天。
**參考 140

656 **out from under**
解除困境

> They tried hard to find a way of getting **out from under**.
> 他們極力設法想出一個解除困境的辦法。

657 **get a word in edgewise**
插嘴

> There were so many people talking that I couldn't **get a word in edgewise**.
> 說話的人太多了，我無法插嘴。

比較　It's rude to interrupt.
插嘴搶話是無禮貌的。

on edge
毛躁不安

> 1　I'm a bit **on edge** because I'll have an interview tomorrow.
> 我有點毛躁不安，因為明天我要接受面談。
> 2　The contestants were **on edge** to learn the results.
> 參賽者急於想知道（比賽的）結果。

on the edge of your seat
極為激動；異常興奮

> The game had the crowd **on the edge of their seats**.
> 這場比賽使觀眾興奮不己。

比較 1　Hs is on the edge of starvation.
他瀕於餓死的邊緣。
　　 2　An old temple stood on the edge of a precipice.
一座古廟矗立崖邊。

658 **read between the lines**
領會言外之意

> Her letter sounded cheerful enough, but I **read** a certain sadness **between the lines**.
> 她的來信充滿歡愉，不過我在字裡行間領會到某種悲傷在其中。

Great oaks from little acorns grow.
合抱之樹，生於毫末。

659 **out of line**
行為不檢／不妥當

    1 I am sorry I was **out of line** yesterday.
很抱歉昨天我的行為有失檢點。

    2 The last remark was **out of line**.
最後一句話不甚妥當。

比較 His remarks are out of place.
他的言論失當。

in line for（likely to be given）
有獲得……的希望

He's **in line for** a salary increase.
他有望獲得加薪。

比較 **1** We are trying to hold the line on prices.
我們試圖穩定物價。

    2 Because he was new and he wanted to do a good job, he tried hard to toe the line.
他是新進人員而且很想把工作做好，因此他做事非常認真。

660 **take in**
欺騙／相信（虛假之事）／包括

    1 He was plausible and **took** us all **in**.
他花言巧語把我們全都騙了。

    2 He **took in** whatever you told him.
他相信你們告訴他一切的話。

    3 The tour **took in** all the main tourist spots.
這趟旅遊包括所有的主要觀光景點。

比較 **1** He was a plausible liar.
他是個巧言令色的說謊高手。

    2 It was all highly implausible.
這毫無道理。

    3 No one believed his deceitful words.
沒有人相信他那些騙人的話。

661   **take somebody's fancy**（catch somebody's fancy）
投合某人的心意

> That house has really **taken my fancy**.
> 那棟房子實在中我的意。

比較   This furniture is tailor-made for a small house.
這傢俱非常適合小房子。

662   **in excess of**（…more than…）
超過

> Usury is interest **in excess of** a legal rate.
> 高利貸是利息（的收取）超過法定利率。

比較 **1**   Don't eat to excess.
別吃過量。

2   Don't carry your grief to excess.
不要過度悲傷。

3   Airlines charge for excess luggage.
航空公司收取行李超重費。
*注意 excess 發音及詞性

663   **to keep the pot boiling**
糊口；謀生

> He doesn't earn much money—just enough **to keep the pot boiling**.
> 他賺錢不多——僅夠糊口。

比較 **1**   He has been hampered by poverty.
他爲貧窮所困累。

2   They are living in abject poverty.
他們生活在赤貧中。

3   He's very much exercised about the future.
他對於將來深爲惶恐。

4   A miser is an incarnation of greed.
守財奴是貪婪的化身。

5   He is straitened for money.
他缺錢。

6   The family of ten was living in straitened circumstances.
這十口之家過著貧困的生活。
**參考 78

664 **reel off**
一口氣說出；滔滔不絕地講

She immediately **reeled off** several names.
她一口氣馬上把好幾個名字說出來。

比較 The drunkard reeled down the street.
那醉漢在街上搖搖欲倒地走。

665 **cap in hand**（in a humble way）
謙恭地

He went to his father **cap in hand** and begged his forgiveness.
他必恭必敬地走到父親面前，請求寬恕。

比較 1 Nothing could heal the rupture with his father.
沒有什麼可以彌合他和父親之間的裂痕。

2 He tried to mollify his mother's anger by apologizing.
她企圖以認錯來減緩他母親的怒氣。

3 The teacher looked irate.
那位老師看起來相當憤怒。

4 He had an irascible temper.
他的脾氣暴躁。

5 He wreaked his anger on his son.
他拿他的兒子出氣。
*注意 irate；irascible 發音

666 **hang in the balance**
岌岌可危

The wounded man's life **hung in the balance**.
傷者的生命岌岌可危。
**參考 140；655

667 **on a par**（of an equal level）
和……同等

The gains and losses are about **on a par**.
得失幾乎相等。

Waste not, want not.
勤儉節約，吃穿不缺。

668 from scratch（from the beginning）
一口氣說出；滔滔不絕地講

We'll have to start again **from scratch**.
我們必須從頭開始。

比較 1 You scratch my back and I'll scratch yours.
禮尚往來；私相授受。

2 Does the cat scratch?
這隻貓會抓人嗎？

669 the straight and narrow
生活老實而規矩

After his release from prison he resolves to follow **the straight and narrow**.
自從他出獄之後，他決定要循規蹈矩地過活。

670 at a rush
迅速地；很快地

Victory had to be won **at a rush** or not at all.
勝利必須迅速贏得，否則便無機會。
**參考 140；655

比較 1 I don't like the rush of modern life.
我不喜歡熙熙攘攘的現代生活。

2 I refused to be rushed; I must think it over.
不要催我，我必須好好想一想。

Two wrongs don't make a right.
怨怨相報永無完了。

671   **neck and neck**（in a tie）
平手；不分上下；勢均力敵

> He was at least running **neck and neck** in the competition.
> 在這場競賽中他與勝者至少不分上下。

win by a neck（win by a narrow margin）
險勝

> She **won** the race **by a neck**.
> 他以些微之差跑贏了。

lose by a neck（lose by a narrow margin ）
功虧一簣

> He l**ost** the race **by a neck**.
> 他以些微差距跑輸了。

比較 **1**   The horse ran second.
        這匹馬在比賽中獲得第二名。

     2   The horse came next to last in the race.
        這匹馬在比賽中跑了個倒數第二。

     3   My horse led by a length.
        我的馬以一馬身長領先。

     4   Lily won the race but Jennifer was a close second.
        Lily 贏得那場比賽，但 Jennifer 是相差無幾的第二名。

     5   They won the golf tournament for four years in a row.
        這項高爾夫球比賽他們連續地贏了四年。

     6   I hope you'll beat.
        我希望你得勝。
        **參考 169

A trouble shared is a trouble halved.
煩惱可以分擔。

672 **hold back**
克制／抵擋／隱瞞

1 Though very angry, I **held back** from telling him exactly what I thought.
我雖盛怒，但仍能克制，未將我的感想告訴他。

2 She just managed to **hold back** her anger.
她勉強壓住了自己的怒火。

3 He bravely **held back** his tears.
他勇敢地沒讓眼淚流出來。

**參考 486

4 The narrow sea wall was unable to **hold back** the surging flood water.
狹細的防波堤不能抵擋住洶湧的海水。

5 I'm sure she is **holding** something **back**.
我確信她隱瞞了一些事情。

673 **smell a rat**
感到事情不妙；發覺可疑之處

I **smelt a rat** in the matter.
我件事我感覺有點不對勁。

674 **hold one's ground**
堅持自己的立場；不讓步

Our troops **held their ground** bravely.
我們的軍隊勇敢地堅守陣地。

675 **eat away**（erode）
侵蝕*注意 eon = aeon

1 The coastline is being **eaten away** year by year.
海岸線年復一年地被侵蝕著。

2 For eons, the pounding waves **ate away** at the shorelines.
億萬年來沖擊的浪侵蝕著海岸。

676 **speak by the book**
精確地說

I can't **speak by the book**, but I know this is wrong.
我不敢十分肯定地說，但我知道這是錯誤的。

677 **go against the grain**
違反常理；不合常情／違反本性

1 It really **goes against the grain** to have to work on Sunday.
連星期天都要上班，真的是違反常理。

2 To borrow money from my friends **goes against the grain** with me.
向朋友借錢不合我的本性。

3 Shouting always **went against** her **grain**.
高聲喊叫是她最不願意做的事。

比較 1 You should take his promise with a grain of salt.
你不可全信他的允諾。

2 She didn't know how far to trust him.
她不知道應該相信他到什麼程度。

3 I believe in early rising.
我相信早起是好的。

Better safe than sorry.
寧可事先謹慎有餘，不要事後追悔莫及。

678   run wild

放蕩；恣意妄爲

They allow their children to **run wild**.
他們讓孩子們遊蕩胡爲。

比較 1   She was a very placid child who slept all night and hardly ever cried.
她是個安靜的小孩，整夜安睡，也很少哭。

2   The baby wouldn't stay put, and kept trying to climb out his playpen.
那嬰孩不願原位不動，而繼續設法爬出他的小圍欄。

3   They let their kids run riot.
他們聽任自己的孩子撒野。

4   Sit still and stop fidgeting.
坐好不要動來晃去。

5   The rebellious boy would not obey the school rules.
這叛逆的孩子不肯服從校規。

6   A spoiled child is often capricious.
一個被慣壞的孩子常常是任性的。

7   They've allowed their children to grow up as young heathens.
他們讓他們的孩子長成粗野無禮的年輕人。

8   He is noisy, but otherwise a nice boy.
他愛吵鬧，但在其他方面都是個好孩子。

9   His hold on the children loosened as they got older.
孩子們長大後他對他們的管束放鬆了。

10   Stop being childish!
別再孩子氣了！

678   **run wild**
       滋生；到處蔓延／任其發展

1   The grass is **running wild**.
     雜草叢生。

2   Let your imagination **run wild** and be creative.
     讓你的想像力自由馳騁發揮創意吧。

比較 1   It makes me wild to see such waste.
        看到這種浪費現象讓我非常生氣。

2   The anxiety almost drove her wild.
     這種焦慮幾乎使她瘋了。

3   Never in my wildest dreams did I think I'd meet him again.
     我連做夢都沒想到會再見到他。

4   The sea was wild.
     大海波濤洶湧。

5   He made a wild guess at the answer.
     他胡亂猜了個答案。

An ounce of prevention is better than a pound of cure.
防患於未然是上策。

後記

　　讀者藉著次頁的難字表，或可學到些許艱深的單字。所謂艱深的字不外乎是指非常用字。若想增強英語字彙實力，非要在此方面多下工夫不可。

其秘訣有四：

1、**避免死背**：在背誦前，先確定該字如何正確發音。正確的發音來自正確的嘴形或正確的舌頭位置。特別是捲舌音、鼻音及喉音，要勤加練習。在語言的學習中能否正確發音和其學習效果，有密不可分的關係。

2、**確定詞性**：為避免混淆，在背誦單字之前，要先確認詞性（如：adept, swim, record, present, tear, foot, image, imagine, lynx, solar, anorexia, horticulture, inflame, tempo, cello, pollen, grenade, centigrade 等），切勿盲目學習。

3、**建立自信**：由於學好英語是一條相當漫長的路，字彙實力的提升並非一蹴可及。在學習的過程中，學習者似乎都難免要面對一個共同問題：有些詞彙下了好大工夫，卻一忘再忘始終無法記住。其實這種現象是無法避免的。對那些記不住的字，要有自信，循序漸進，不可心急——只要將它與句子、短文或故事相結合，突破只是遲早的事。有句話說得好：「那流淚撒種的，必歡呼收割」。在英語的學習過程中，先苦後樂，亦未嘗不是一件美事！

4、**群字學習**：試著建立「群字學習」的觀念。所謂「群字學習」，就是把生字和其反義詞、近義詞或其相關的文字作連結，使其成為一個字網（a word web）。例如：earthquake, aftershock, foreshock, epicenter, lava, magma, volcano, dormant, active, erupt, tsunami, crust, fault, plate, landslide, avalanche, devastation, seismograph, magnitude, crater 等 20 個字均屬同一字群。不過，在「群字學習」訓練的養成階段，倒不必強記字群中的每個字，只要記住在學習中盡量避免一次只記一個字即可。

總之，正確的學習觀念一旦養成，水到渠成，英語字彙實力的大幅提升，當指日可待。

GLOSSARY 難字表

1、本難字表列出字數計 **440** 個。
2、難字之排列僅第一個英文字母按字母順序排列。
3、本表顯示之數字，係指本書短語成語之編號。

D				E	
deed	5	divert	464	exclude	48
deliberately	11	delta	489	epidemic	80
deteriorate	13	dogged adj.	528	eligible	90
drought	26	detest	529	embezzle	162
dilapidated	48	dither	562	earthly	169
discourtesy	56	detrimental	568	exert	169
disregard	58	devil	568	engrave	206
disembark	109	detest	570	excessive	234
droop	110	disparage	629	exhale	296
ditto	113	demean	629	exorbitant	311
dissipation	134	deceitful	660	eradicate	406
dissipate	135	drunkard	664	essence	596
dissipated	135	dismantle	668	ebb	625
dissipation	135			ego	637
depressed	140			excess	662
drain	140			eon	675
decent	150				
deficient	165				
dunce	169				
drizzle v.	188				
decree	200				
disposition	204				
differ	204				
doldrums	231				
dim	233				
distinct	256				
derive	260				
depression	357				
drag	388				
despise	406				
dispose	448				

INDEX 索引

說明：

1、本書實際收錄量計 __850__ 個短語成語。

2、本索引之排列順序，僅第一個英文字母系按字母順序排列。

3、本索引中數字係指本書短語成語之編號。

A

T

W

國家圖書館出版品預行編目資料

實用英文短語成語 678（新版）／習懷德（Ralph Xi）
著． ─ 初版 ─臺中市：白象文化，民 101.05
　　面： 公分
ISBN 978-986-5979-40-9（平裝）

1.英語 2.成語
805.123　　　　　　　　　　　101007742

實用英文短語成語678（新版）
KEY PHRASES & IDIOMS

作　　者：習懷德（Ralph Xi）
校　　對：習永曄
編輯排版：黃麗穎
發 行 人：張輝潭
出版發行：白象文化事業有限公司
　　　　　電話：04-22652939　傳真：04-22651171
　　　　　地址：台中市南區美村路二段 392 號
　　　　　E-mail：press.store@msa.hinet.net
　　　　　網址：www.ElephantWhite.com.tw
經銷代理：白象文化事業有限公司
印　　製：基盛印刷工場

白象文化